初學者輕鬆上手
日本敬語

DT企劃／著

Aikoberry／繪

笛藤出版

前　言

　　日本的敬語是學習日語的一大難點，但卻也是不容忽視的部分。敬語又分為尊敬語、謙讓語和丁寧語，根據說話者、聽話者、與話題中人物的尊卑上下關係、親疏遠近來使用，可以說對於初學者而言是令人頭大且避之唯恐不及的。然而，若是能說好連日本人都有可能搞錯的敬語，它將成為一項非常有力的交際工具，給予在工作與接待方面大大的幫助。

　　本書就敬語的表現形式、用法以及它們的使用情況做說明，針對實用性較強的用法重點式深入講解，並列舉一些錯誤的說法進行分析。章節循序漸進、例句生活化，希望能給讀者帶來更好的運用體驗、滿足各位在語文學習上更進一步的追求。

以下列出學習敬語的幾個步驟供參考，期待讀者最終攻克敬語這一關卡：

①
在對話中能熟練使用「です」、「ます」體等
丁寧語的基本表現形式。

↓

②
看到熟人能夠正確地、熟練地使用寒暄用語進行問候。

↓

③
正確地理解、運用尊敬語、謙讓語、丁寧語，
精確掌握每一個單詞、慣用型而不會混淆不清。

↓

④
加強練習，抓緊機會使用敬語，愈挫愈勇、持之以恆，
終有一天達到運用自如的地步。

笛藤編輯部

目　錄

- おっしゃる
- 召^めし上^あがる、上^あがる
- くださる
- 召^めす
- 御覧^{ごらん}になる
- ご存^{ぞん}じです

- 承知する
- かしこまる

▎謙譲語的慣用型 094

- お／ご〜する
- お／ご〜いたす
- お／ご〜申す
- お／ご〜申し上げる
- お／ご〜いただく

▎謙譲語的可能表現 101

- お／ご〜できる

三、丁寧語 103

▎丁寧語的基本用語 104

- です
- 〜でございます
- ます

▎丁寧語名詞、代名詞篇 113

- 構成丁寧語名詞的接頭語、接尾語
- 特定表示恭敬的丁寧語名詞
- 做丁寧語用的代名詞

▎丁寧語形容詞、形容動詞、副詞 122

- 丁寧語形容詞、形容動詞
- 丁寧語副詞

7

動詞與動詞變化 動詞依變化的不同共分為五種。

❶**五段動詞**：動詞語尾以 50 音的「a·i·u·e·o」五個音段中「u」
段結尾的動詞，稱為五段動詞。

例：読<u>む</u>、合<u>う</u>、書<u>く</u>、飲<u>む</u>、出<u>す</u>、立<u>つ</u>、死<u>ぬ</u>、作<u>る</u>

❷**上一段動詞**：動詞語尾以「る」結尾，「る」前面的字音在「i」
段上 (<u>い</u>、<u>き</u>、<u>し</u>、<u>ち</u>、<u>に</u>、<u>ひ</u>、<u>み</u>、<u>り</u>)。

例：起<u>き</u>る (<u>き</u>→ 是 i 段音)

中文名稱	日文名稱	語意、口語名稱	飲む (五段)
第一變化	未然形	·ない形、否定形 ·意志形	飲<u>ま</u>ない 飲<u>も</u>う
第二變化	連用形	·て形 (接續) ·た形 (表過去) ·ます (輕微尊敬)	飲ん<u>で</u> 飲ん<u>だ</u> 飲<u>みます</u>
第三變化	終止形	·辭書形、原形 (表句子結束)	飲む
第四變化	連体形	·辭書形、原形 (用來修飾名詞)	飲む<u>とき</u>
第五變化	仮定形	·假定形、ば形	飲<u>めば</u>
第六變化	命令形	·命令形	飲め

❸**下一段動詞**：動詞語尾以「る」結尾，「る」前面的字音在「e」
段上(え、け、せ、て、ね、へ、め、れ)。
　例：食<ruby>べ<rt>た</rt></ruby>る（べ → 是 e 段音）
❹**力行變格動詞**：此類動詞只有「来<ruby><rt>く</rt></ruby>る」一個，語尾變化為不規則。
❺**サ行變格動詞**：語尾為「する」的動詞，語尾變化不規則。
　例：愛<ruby>あい<rt></rt></ruby>する、出発<ruby>しゅっぱつ<rt></rt></ruby>する、サインする

起きる（上一段）	食べる（下一段）	来る（力行）	相談する（サ行）
起きない 起きよう	食べない 食べよう	来ない 来よう	相談しない 相談しよう
起きて 起きた 起きます	食べて 食べた 食べます	来て 来た 来ます	相談して 相談した 相談します
起きる	食べる	来る	相談する
起きるとき	食べるとき	来るとき	相談するとき
起きれば	食べれば	来れば	相談すれば
起きろ 起きよ	食べろ 食べよ	来い	相談しろ 相談せよ

 **イ形容詞變化**

イ形容詞在文法上稱為「形容詞」，和動詞一樣語尾會產生變化。語幹不變，語尾變化。例：寒い，「寒」為語幹「い」是語尾。

中文名稱	日文名稱	語意、口語名稱	寒い	美しい
第一變化	未然形	・推測形 (表推測)	寒かろう 寒いでしょう	美しかろう 美しいでしょう
第二變化	連用形	・ない形 (表否定) ・て形 (接續) ・た形 (表過去) ・副詞形 (修飾動詞)	寒くない 寒くて 寒かった 寒くなる	美しくない 美しくて 美しかった 美しく咲く
第三變化	終止形	・辭書形、原形 (表句子結束)	寒い	美しい
第四變化	連体形	・加名詞 (用來修飾名詞)	寒い日	美しい花
第五變化	仮定形	・假定形、ば形 (表假定)	寒ければ	美しければ

 **ナ形容詞變化**

　ナ形容詞在文法上稱為「形容動詞」。和イ形容詞最大的不同是以「だ(です)」作為結尾。

中文名稱	日文名稱	語意、口語名稱	静かだ	静かです
第一變化	未然形	・推測形 (表推測)	静かだろう	静かでしょう
第二變化	連用形	・ない形 (表否定) ・て形 (接續) ・た形 (表過去) ・副詞形 (修飾動詞)	静かではない 静かで 静かだった 静かに吹く	静かでした
第三變化	終止形	・辭書形、原形 (表句子結束)	静かだ	静かです
第四變化	連体形	・加名詞 (用來修飾名詞)	静かなところ	×
第五變化	仮定形	・假定形、ば形 (表假定)	静かならば	×

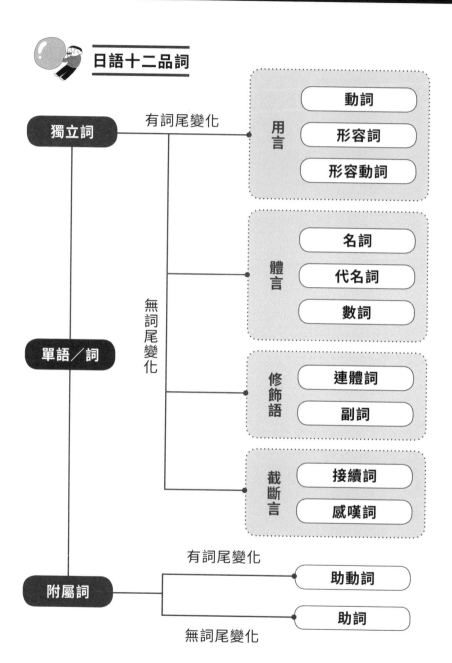

日語十二品詞

獨立詞 ─ 有詞尾變化 ─ 用言 ─ 動詞 / 形容詞 / 形容動詞

單語／詞

附屬詞 ─ 有詞尾變化 ─ 助動詞

無詞尾變化 ─ 體言 ─ 名詞 / 代名詞 / 數詞

修飾語 ─ 連體詞 / 副詞

截斷言 ─ 接續詞 / 感嘆詞

無詞尾變化 ─ 助詞

動詞 ➡ 表示事物的動作、狀態、存在。
歩く、いる
形容詞 ➡ 表示事物的性質、狀態。
大きい、嬉しい
形容動詞 ➡ 表示事物的性質、狀態。
静かだ、綺麗だ
● 動詞、形容詞、形容動詞統稱為用言。

名詞 ➡ 表示人和事物的名稱。
日本、リンゴ
代名詞 ➡ 代替人、事物、場所、方位的詞。
私、あなた
數詞 ➡ 表示數量和順序。
一つ、二つ
● 名詞、代名詞、數詞統稱為體言。

連體詞 ➡ 修飾名詞、代詞、數詞。
この、その、あの、どの
副詞 ➡ 修飾動詞、形容詞、形容動詞和其他副詞。
さっぱり、とても、ぜんぜん

接續詞 ➡ 連接前後兩句，有承先啟後的作用。
そして、さらに、でも
感嘆詞 ➡ 表示感嘆、歡呼、應答。
ああ、はい、もしもし

助動詞 ➡ 主要接續在動詞、助動詞之後，賦予動詞原先沒有的意義。
ない、たい、れる、られる、よう、べき
助詞 ➡ 表示詞與詞之間的語法關係，或表示特殊意義、語感。
は、が、に、を、から、と、ね

# 什麼是敬語？

敬語，簡單地說是尊敬上級、長輩或聽話者的語言，也是表示自己謙遜的語言，分為尊敬語、謙讓語、丁寧語。日文的敬語又會根據說話者、聽話者、與話題中人物的尊卑關係、上下關係、親疏遠近關係來使用。

(1) 尊敬語

也稱為尊他性的敬語。使用於指話題裡提到的上級、長輩等應該尊敬的人物之行為，即用尊敬語來講話題中令人尊敬的人物本身或其他所屬事物、進行的動作、行為。這時話題中人物可以是聽話者，也可以是第三者。

(2) 謙讓語

也稱為自謙性的敬語。使用於說話者自己或自己這方人的行為，是說話者為了對聽話者表示敬意而用來謙稱自己或是自己這方人的事物、動作的用法。

(3) 丁寧語

也稱為一般性的敬語。是對聽話者直接表示敬意，並且帶有鄭重語氣的客氣說法。因此和上述尊敬語、謙讓語不同，可以用來講客觀事物。

一｜尊敬語

一、尊敬語

　　如前所述，尊敬語是在講到話題中人物的動作、行為或所屬事物時，對話題中人物（包括聽話者）表示尊敬的敬語。所謂話題中人物可以是第三者，也可以是聽話者。

🍁 尊敬語名詞篇

構成尊敬語名詞的接頭語、接尾語

在名詞前後分別使用接頭語及接尾語，表示對話題中人物的尊敬或提高話題中人物所屬的事物。

接頭語

1	お御	
お名前	您的名字	
お二人	您兩位	
2	ご御	
ご用	（您的）事情	
ご返事	您的回覆	
3	おみ大御	
おみ足	您的腳	

おみ輿 _{こし}	神轎

接尾語

1　〜さん

校長さん _{こうちょう}	校長先生
山本さん _{やまもと}	山本先生

2　〜様_{さま}

尊敬程度比さん要高一些，較不常使用於日常會話中，多用在書信。

宮様 _{みやさま}	皇族殿下
高橋様 _{たかはしさま}	高橋先生

3　〜殿_{どの}

僅用於書信，若在一般會話中使用，可能會讓對方覺得自己被嘲弄，須特別注意。

部長殿 _{ぶちょうどの}	部長大人
大山次郎殿 _{おおやまじろうどの}	大山次郎先生

4　〜方_{がた}

表示眾多的人，相當於中文的「們」。

先生がた _{せんせい}	老師們
委員がた _{いいん}	委員們

5 お〜さん、お〜さま

尊稱對方的家人。

お兄さん	您的哥哥
おばあさま	您的祖母

▪ 例句

1
ご用がございましたら、こちらのベルでお呼びください。
有事情時，請按這裡的鈴叫我一聲。

2
これは先生のおめがねですね。教室にお忘れになりました。
這是老師的眼鏡吧，您忘在教室裡了。

3
ご説明を聞きましてよく分かりました。
聽了您的說明後我懂了。

4
社長さんにお目にかかりたいのですが。
我想見一見您公司的社長。

5
呉さん、お父さんがいらっしゃいましたよ。
吳先生，您的父親來了。

表示尊敬的固有名詞、代名詞

固有名詞和代名詞也有表示尊敬的說法。

こちら	這位、我

そちら	那位、您
あちら	那位
どちら	哪一位？
どなた	哪一位？
この方_{かた}	這位
その方_{かた}	那位
あの方_{かた}	那位
どの方_{かた}	哪一位？
こちらの方_{かた}	這位
そちらの方_{かた}	那位
あちらの方_{かた}	那位
どちらの方_{かた}	哪一位？

▪ 例句

1

A：「よろしくお願いします。」

請您多多關照。

B：「こちらこそよろしく。」

我這邊才是需要您的多多關照。

2

失礼ですが、どちらさまでいらっしゃいますか。

不好意思，您是哪位？

3　あの方は東京からいらっしゃった野村先生です。
　　那位是從東京來的野村老師。

4　ご紹介いたします。こちらの方が中村さんでいらっしゃいます。
　　我介紹一下，這位是中村先生。

memo

🍁 尊敬語形容詞、形容動詞、副詞篇

お／ご

お／ご＋形容詞、形容動詞、副詞

在對話中提及上級、尊長情況需要使用形容詞、形容動詞、副詞時，在這些單詞前面，附加接頭語お或ご用來表示尊敬。お多用在和語前面，ご多用在漢語前面，但也有例外。

形容詞

お忙しい	忙
お楽しい	開心

形容動詞

お好き	喜歡
お元気	精神
ご面倒	麻煩

副詞

ご熱心に	熱心地
ご自由に	自由地、隨便地
ごゆっくり	慢慢地

▪ 例句

1
近頃（ちかごろ）ずいぶんお忙（いそが）しそうですね。

最近您好像很忙呀！

2
お利口（りこう）なお坊（ぼっ）ちゃんですね。

真是聰明的小少爺呀！

3
黄先生（こうせんせい）が日本画（にほんが）がお好（す）きですね。

黃老師喜歡日本畫呀！

4
もう少（すこ）しごゆっくりなさってください。

再多坐一會兒吧！

5
どうぞご自由（じゆう）にご見学（けんがく）くださいませ。

請隨意參觀！

6
先生（せんせい）はご熱心（ねっしん）にご説明（せつめい）くださいました。

老師熱心地為我們講解了。

24

🍁 尊敬語動詞篇

いらっしゃる

在、去、來

いる、行く、来る的尊敬語。

・ 做いる的尊敬語，相當於中文的「在」。

1　ご両親はどちらにいらっしゃいますか。
請問您的父母在哪裡？

2　呉先生は今教室にいらっしゃいます。
吳老師現在在教室裡。

3　六時までここにいらっしゃい。
請在這裡待到六點。

・ 做行く的尊敬語，相當於中文的「去」。

1　先生は野球の試合を見にいらっしゃいませんか。
老師不去看棒球賽嗎？

2　孫先生は京都へいらっしゃったことがありますか。
孫老師去過京都嗎？

3　今すぐ駅へいらっしゃれば急行に間にあいます。
現在馬上去車站的話，可以趕上快車。

- 做来る的尊敬語，相當於中文的「來」。

1
いらっしゃるまでお待ちしております。
我等到您來。

2
土曜日には李先生は学校へいらっしゃらないそうです。
據說星期六李老師不會到學校來。

3
いらっしゃいませ。どうぞ、お上がりください。
歡迎您來，請進吧。

📖 補充

Ⓐ ～ていらっしゃる：可做～ている、～ていく、～てくる
的尊敬語。

- 做～ている的尊敬語，相當於中文的「正在」。

1
何を探していらっしゃいますか。
您在找什麼東西？

2
佐藤先生は今古代の敬語について研究していらっ
しゃいます。
佐藤老師正在研究古代的敬語。

- 做～ていく的尊敬語，相當於中文的「去」。

1
社長さんは二時ごろ出ていらっしゃいました。
社長兩點左右就出去了。

| 2 | 蔵相はすぐおりていらっしゃいました。
藏相很快就下樓去了。 |

・做～てくる的尊敬語，相當於中文的「來」。

| 1 | おじいさんは色々お土産を持っていらっしゃいました。
爺爺拿了許多土產來。 |
| 2 | 必要なら買っていらっしゃい。
如果需要就買來吧。 |

Ⓑ ～でいらっしゃる：～です的尊敬語。

・做～です的尊敬語，相當於中文的「是」。

1	野村先生でいらっしゃいますか。台中支社の張です。 您是野村老師嗎？我是台中分公司的小張。
2	こちらは田中社長でいらっしゃいます。 這位是田中社長。
3	お宅の皆さまはお元気でいらっしゃいますか。 府上的人都無恙吧！
4	ご機嫌はいかがでいらっしゃいますか。 您好嗎？

お出でになる

在、去、來

いる、行く、来る的尊敬語。在接頭語お下面接動詞出でる連用形出で，後續～になる構成。

· 做いる的尊敬語，相當於中文的「在」。

1　お父さんはお宅にお出でになりますか。

　　請問您父親在家嗎？

· 做行く的尊敬語，相當於中文的「去」。

1　あの会議にお出でになりますか。

　　去參加那個會議嗎？

2　京都へお出でになったことがございますか。

　　有去過京都嗎？

· 做来る的尊敬語，相當於中文的「來」。

1　よくお出でになりました。

　　歡迎您來！

2　いつ頃こちらにお出でになりましたか。

　　什麼時候到這裡來的？

見_みえる

來

做尊敬語用時，與表示来_くる的いらっしゃる的意思、用法相同，
相當於中文的「來」。

1

お医者_{い しゃ}さんが見_みえました。

醫生來了。

2

校長先生_{こうちょうせんせい}が見_みえましたら、みな拍手_{はくしゅ}で迎_{むか}えました。

校長來的時候，大家鼓掌歡迎。

お越しになる

來

来る的尊敬語。接頭語お加上越す連用形越し，後續～になる構成。與見える的意思、用法相同，相當於中文的「來」。

1　あしたの午後お越しになるのですね。お待ちしております。

　　您明天下午來呀，那我等您。

2　わざわざお越しになりまして、ありがとうございました。
　　謝謝您特意來這一趟。

なさる

做

する的尊敬語，相當於中文的「做」。

1　今年の夏休みはどうなさるおつもりですか。
　　今年的暑假您想做些什麼？

2　どうぞ、無理な仕事はなさらないでください。
　　請不要做做不了的工作。

補充

動詞連用形 + なさい

なさる經常用第六變化なさい表示命令，但已失去了尊敬語的含義，多用於老師對學生或父母 (母親居多) 對孩子的輕微命令句，比動詞第六變化的命令形委婉、客氣。

1	お掛けなさい。 請坐。
2	はやく行きなさい。 快去。
3	ちゃんと勉強しなさい。 去好好用功讀書。

遊ばす

做

也作為する的尊敬語來用，尊敬的程度很高。是個古老的說法，現在在日本只有一些女性仍偶爾使用，以顯示自己有教養。

1　そんなことを遊ばしては困ります。

　　做那種事不太好！

2　この夏はどちらへお出掛あそばしますか。

　　今年夏天您打算到哪兒去？

おっしゃる

說、講、叫

言う、話す、述べる的尊敬語，相當於中文的「說」、「講」、「叫」等。

1　昨日先生はそうおっしゃいました。

　　昨天老師那麼講了。

2　こちらは内山さんとおっしゃる方です。

　　這位叫內山。

3　ただいま、おっしゃったことはよく分かりました。

　　現在您說的話我都懂了。

召し上がる、上がる

吃、喝、用

兩者的意思、用法基本相同，都做食べる（吃）、飲む（喝）的尊敬語來用，相當於中文的「吃」、「喝」或「用」。但使用召し上がる的時候較多。

1　何を召し上がりますか。
　　您要吃（喝）什麼？

2　どうぞ、ごゆっくり召し上がってください。
　　請您慢慢吃。

くださる

給（我）

くれる的尊敬語，相當於中文的「給（我）」。

1　おじさんは中学卒業の祝いに腕時計をくださいました。
　　叔叔為了祝賀我中學畢業送了我一支手錶。

2　これは内山さんがくださった映画のチケットです。
　　這是內山先生送給我的電影票。

～てくださる：～てくれる的尊敬語，相當於中文的「幫（我）做……」，表示尊長、上級幫我或我這邊的人做某種事情。

1　小村先生は日本の風俗習慣について色々話してくださいました。

小村老師跟我們講了許多日本的風俗習慣。

2　田辺先生は丁寧に作文を直してくださいました。

田邊老師仔細地幫我改了作文。

召す

穿

着る的尊敬語，有時也用召される。相當於中文的「穿」。

1　今日は和服を召しますか。

今天穿和服嗎？

2　この服を召されると若くお見えになりますね。

穿了這身衣服，顯得年輕啊！

補充

召^めす也經常構成慣用語來用。

・風邪^{かぜ}を召^めす｜感冒了

あの方^{かた}は風邪^{かぜ}を召^めされました。

他感冒了。

・風呂^{ふろ}を召^めす｜洗澡

お風呂^{ふろ}を召^めされては（いかがでしょうか）。

洗一洗澡吧。

御覧になる

看

見る的尊敬語,相當於中文的「看」。

1
　この新聞をご覧になりましたか。
　您看這份報紙了嗎?

2
　孫先生は日本の歌舞伎をご覧になったことがあります
　か。
　孫老師看過日本的歌舞伎嗎?

補充

Ⓐ 表示請求、命令時,一般用ご覧ください、ご覧なさい,
相當於中文的「請看!」。若只說ご覧,則表示一種親切
的命令,沒了尊敬的語氣,多為對兒童或親密之人使用。

1
　この絵をご覧ください。
　請看這幅畫。

2
　ご覧なさい。あれが富士山です。
　請看,那是富士山。

3
　坊や、空をご覧。飛行機が飛んでいるよ。
　小傢伙,看那天空!有飛機在飛。

Ⓑ 〜てごらんになる：〜てみる的尊敬語，相當於中文的「做做看」。命令時則用〜てごらんなさい或てごらん，但てごらん沒有尊敬的意思。

1	調_{しら}べてごらんにならないと、なかなかわかりません。 不調查一下，是無法了解的。

調_{しら}べてごらんにならないと、なかなかわかりません。

不調查一下，是無法了解的。

2

おじいさんは二回_{にかい}も数_{かぞ}えてごらんになりました。

爺爺數了兩次。

3

おいしいですから食_たべてごらんなさい。

很好吃，請嚐嚐看。

4

ちょっと来_きてごらん。美_{うつく}しい花_{はな}が咲_さいているよ。

來看，有美麗的花盛開著！

ご存_{ぞん}じです

知道

知_しる的尊敬語。接頭語ご＋動詞存_{ぞん}じる的連用形名詞法存_{ぞん}じ所構成，形式上是一個名詞但有動詞的作用。相當於中文的「知道」。

1

内山_{うちやま}さんは台湾_{たいわん}のことをよくご存_{ぞん}じですね。

內山先生很了解台灣啊！

2 あの人の優れているところをまだよくご存じないようで
すね。

您好像還不知道他的優點啊！

3 先生は野村さんもご存じでしょう。

老師也認識野村先生吧！

由於形式上是名詞，因此可以在ご存じ下面後續の，構成ご存じ
の做連體修飾語來用。

1 ご存じのように、日本には美しいところがたくさんあり
ます。

正如您所知道的，日本有許多美麗的地方。

2 ご存じの通り、私は英語が話せません。

如您所知，我不會講英語。

memo

🍁 尊敬語的慣用型

れる、られる

五段動詞未然形＋れる

其他動詞未然形＋られる

サ變動詞語尾する→される

廣為機關職員、公文、報紙等使用。但尊敬程度比較低，且容易和被動助動詞相混淆。

1	先生は夏休みにどちらかへ行かれましたか。 老師暑假有到哪裡去嗎？
2	先日先生の言われた本はこれでしょうか。 前幾天老師講的那本書是這一本嗎？
3	大村教授は九時に学校に来られる予定です。 大村教授預定九點到學校來。
4	先日学長は提案されました。 前幾天校長提出了這一提案。
5	先生はもう出掛けられました。 老師已經出發了。

Ⓐ 有些動詞如いる、寝る、着る、見る等語幹、語尾在一起的動詞，則不能接れる或られる來表示尊敬，分別要用おられる（或いらっしゃる）、お休みになる、召される、ご覧になる。来る雖然也是語幹、語尾在一起的動詞，可是能用来られる。另外死ぬ也不好用死なれる，而要用亡くなる或亡くなられる。

1　先生は毎日何時にお休みになりますか。

　　老師每天幾點就寢？

2　黃先生は日本の相撲をご覧になったことがありますか。

　　黃老師看過日本的相撲嗎？

Ⓑ 其中れる、られる構成的行かれる、来られる可以接在て下面，分別構成〜ていかれる、〜て来られる作為〜ていく、〜て来る的尊敬語來用，與〜ていらっしゃる的意思、用法相同。相當於中文的「……去」、「……來」。然而當命令句來用時，不用〜て行かれよ、〜て来られよ，這時則要用〜ていらっしゃい。

1　おじさんは色々お土産を持って来られました。

　　叔叔拿來了許多土産。

2　社長さんは一時頃出て行かれました。

　　社長一點左右出去了。

3	じゃ、行っていらっしゃい。 那麼您慢走吧！
4	はやくそれを買っていらっしゃい。 快去把它買來吧！

お／ご～になる

お + 和語動詞連用形 + になる

ご + サ變動詞語幹 + になる

表示對話題中人物的動作、行為、存在的尊敬，程度上高於れる、られる，並且不會與被動助動詞相混淆。

1	先生もそのことをお聞きになりましたか。 老師也聽說那件事情了嗎？
2	これは内山先生がお描きになった絵です。 這是內山老師畫的畫。
3	佐藤さんは台湾をご旅行になったことがありますか。 佐藤先生有去台灣旅行過嗎？
4	朝のお薬をご服用になりましたか。 您吃早上的藥了嗎？

另外，寝る、見る、着る、来る等語幹語尾在一起的動詞，一般不用お～になる，而是用お休みになる、ご覧になる、お召しになる、お出でになる來作為尊敬語。死ぬ也不能說お死になる，而要用亡くなる、亡くなられる或お亡くなりになる。

1	お客さんはもうお休みになりました。
	客人已經睡了。
2	今日和服をお召しになりますか。
	今天穿和服嗎？
3	学長は日本語学部にお出でになりました。
	校長先生到日語系來了。

お／ご～なさる

お + 和語動詞連用形 + なさる

ご + サ變動詞語幹 + なさる

作為尊敬語來用兩者都是比較舊的說法，尊敬程度比お～になる、ご～になる要高一些。

1	先生はまだお聞きなさらないのですか。
	老師還沒有聽到吧？
2	これは内山先生が八十年代にお書きなさった本です。
	這是内山老師八十年代寫的書。
3	そんなにご心配なさらないでください。
	請不要那麼擔心！
4	これは野村先生がご研究なさった成果です。
	這是野村老師的研究成果。

内山先生の本でございます。

Ⓐ 同様寝る、見る、着る、来る以及死ぬ等動詞，不能用お～
なさる或ご～なさる。

Ⓑ サ變動詞 + なさる

由於なさる是する的尊敬語動詞，因此在用ご～なさる
時，前面的ご可以省略。

1
内山先生は台湾を旅行なさったことがあるそうです。

聽說內山老師來台灣旅行過。

2
代表団は何時に出発なさいますか。

代表團幾點出發？

お／ご～あそばす

お + 和語動詞連用形 + あそばす

ご + サ變動詞語幹 + あそばす

是前面幾個尊敬語慣用型中最高的敬語形式。這一表現形式過去
較常使用，但現在只限於一些成年女性使用，男性已很少使用。

1
お父さんは何時にご出発あそばしますか。

（妻子問丈夫）您幾點動身呀？

2
内山先生は京都あたりをご旅行あそばしましたね。

內山老師到京都一帶旅行去了啊！

3 先生は面白い本をお書きあそばしたそうですが、何という名前でございますか。

聽說老師寫了一本很有趣的書，叫什麼名字？

📝 補充

Ⓐ お〜あそばされる：更加尊敬的用法，但它除了女性說話時或在書信中使用外，日常生活上很少出現。

1 開会式には首相もお出であそばされました。

首相也參加了開會典禮。（女性使用）

2 風邪をお引きあそばされましたそうでございますが、いかがでいらっしゃいますか。

聽說您感冒了，現在好些了嗎？（女性書信）

Ⓑ お／ご〜あそばせ：日本的一些中年婦女常用來表示請求、命令，相當於中文的「請您」。

1 ご免あそばせ。

請您原諒！

2 この絵をご覧あそばせ。

請看這幅畫。

3 よろしかったら、どうぞお上がりあそばせ。

若合您的胃口，就請用吧！

45

お／ご～くださる

為（我）做……、給（我）……

お + 和語動詞連用形 + くださる

ご + サ變動詞語幹 + くださる

與～てくださる意思、用法相同，表示上級、尊長為自己或自己這方的人做某種事情，但尊敬程度比～てくださる要高。相當於中文的「為（我）做……」、「給（我）……」。

1
小川先生はたびたびそうお教えくださいました。

小川老師常這樣教導我們。

2
丁先生はわざわざ紹介状をお書きくださいました。

丁老師特地為我寫了介紹信。

3
お貸しくださった本をお返しいたします。ありがとうございました。

還給您借給我的書。謝謝您了。

4
先生は難しいところを繰り返してご説明くださいました。

老師把難懂的地方反覆講了幾遍。

お／ご〜です

お＋和語動詞連用形＋です／でございます

ご＋サ變動詞語幹＋です／でございます

這一慣用型尊敬語形式上是名詞，但起到動詞的作用。

1
パスポートはお持ちですか。

您有護照嗎？

2
この問題についてどうお考えですか。

關於這個問題，您怎麼想？

3
お疲れではありませんか。

您不累嗎？

4
心当たりがおありでしたら、私にご連絡ください。

如果有了頭緒，請和我聯繫。

5
先生はずいぶん大きい荷物がおありですね。お持ち帰りになるのですか。

老師的行李真大啊！要拿回去嗎？

6
内山先生はもうすぐ東京へお帰りですから、今晩歓送会を開くつもりですが、ご出席になれますか。

內山老師就要回東京了，我們打算今晚開個歡送會，您能參加嗎？

另外雖是動詞的作用，但形式上還是名詞，因此可以在下面接の
做連體修飾語來用。

1
順番をお待ちの方は廊下でお待ちください。（＝待って
いる方）

排隊的人請在走廊等。

2
先生はお出掛けのようです。（＝出掛けたようです）

老師好像外出了。

3
お疲れのご様子ですが……。（＝疲れたようですが）

您好像有些累了……。

補充

這一敬語表現一般情況下，既可以表示現在也可以表示過去，故很少用お～でした、ご～でした結句，講過去的情況時通常用時間副詞或其他副詞來表示。

1	このことはもう先生にお話しですか。（＝もう～話したか） 這件事已經和老師講了嗎？
2	この新聞はもうお読みですか。（＝もう読んだか） 這份報紙您看過了嗎？

memo

🍁 尊敬語的命令表現

～てください

請……

動詞連用形 + て + ください

尊敬程度最低，可以說是一種鄭重的說法，多用於同級、同輩之間。相當於中文的「請……」。

1　こちらへ来てください。
　　請到這邊來。

2　おっと、気をつけてやってください。
　　哎呀！請再小心點做。

お／ご～ください

請（您）……

お + 和語動詞連用形 + ください

ご + サ變動詞語幹 + ください

尊敬程度比～てください要高一些，可以用於長輩、上級或需要客氣一些的客人。含有請求拜託的語氣，相當於中文的「請（您）……」。

1　どうぞ、お入りください。
　　請進。

2 お名前をここにお書きください。

請把名字寫在這裡。

3 今社長がまいりますから、ここでお待ちください。

社長就來，請在這裡稍等。

4 請求書を送付いたしましたので、ご査収ください。

帳單已寄予您，請查收。

📄 補充

Ⓐ 〜てくださいませんか、お〜くださいませんか：語氣更加委婉的說法，使人聽了沒有生硬的感覺。

1 ただいま、社長がおりませんから、午後電話してくださいませんか。

現在社長不在，請您下午再來電好嗎？

2 ただいま、社長がおりませんから、午後お電話くださいませんか。

現在社長不在，請您下午再來電好嗎？

Ⓑ 〜てください、お〜ください也可以用〜てくださいませ、お〜くださいませ表示命令，語氣也比較委婉。

1 どうぞ、お上がりくださいませ。

請慢用。

2 少々お待ちくださいませ。

　请稍候。

3 どうぞ、サインしてくださいませ。

　请簽名。

～ていただく

請（您）……

いただく雖是謙讓語，但接在て下面構成～ていただく時則表示自己請求對方如何如何，構成了請求命令句。尊敬程度高於～てください、お～ください，因此多在比較鄭重的場合或向上級、長輩使用。相當於中文的「請（您）……」。

1 少し待っていただきます。

　请稍等一下。

2 意味を説明していただきます。

　请解释一下意思。

📝 補充

～ていただけませんか和～ていただく有同樣的意思，語氣更加委婉。

1	ご免_{めん}ください。駅_{えき}への道_{みち}を教_{おし}えていただけませんか。 對不起，可以請您告訴我往車站的路嗎？
2	この和歌_{わか}の意味_{いみ}を説明_{せつめい}していただけませんか。 能否請您說明一下這首和歌的意思？

お／ご～いただく

請（您）……

お + 和語動詞連用形 + いただく

ご + 漢語動詞（サ變動詞）語幹 + いただく

尊敬程度比～ていただく還要高一些，屬於謙讓語慣用型。表示自己想從別人身上得到某些恩惠，可以用來請求、命令對方，相當於中文的「請（您）……」。

1	もう少_{すこ}しお待_まちいただきます。 請再等一下！
2	もう少_{すこ}しご説明_{せつめい}いただきます。 請再說明一下！

お／ご～いただけませんか也有相同的意思，只是語氣更加委婉。

1	この小説をちょっとお貸しいただけませんか。
	可以把這本小說借我一下嗎？
2	社長さんがもうお帰りになったそうですが、ちょっとお呼びいただけませんか。
	聽說社長已經回家了，能幫我找一下他嗎？

お／ご～願う

請……

お＋和語動詞連用形＋ねがいます

ご＋漢語動詞（多為サ變動詞）語幹＋ねがいます

表示請求對方進行某種活動，語氣較為客氣，和聽話者保持一定的距離，相當於中文的「請……」。

1	明日十時にお出でねがいます。
	請明天十點來。
2	ご訪問中、私たちの不行届きをお許しねがいます。
	在您訪問期間，我們不周到之處，請予原諒。

3 それだけはご勘弁ねがいます。

唯獨這點，請您原諒。

4 おかげさまでみな無事ですからご安心ねがいます。

託您的福，大家都很好，請您放心。

📝 補充

お／ご～ねがえませんか為相同的意思，但語氣更加委婉。
相當於中文的「可以……嗎？」。

支払いは十日間お延ばしねがえませんか。

可否將付款期限延長十天？

memo

🍁 尊敬語的禁止命令表現

～ないでください

請不要……、不要……

尊敬程度最低，雖將它劃為尊敬語一類，但不適用於長輩、上級，一般用於同級同輩人之間。相當於中文的「請不要……」、「不要……」。

1　お酒<ruby>酒<rt>さけ</rt></ruby>を飲<ruby>飲<rt>の</rt></ruby>まないでください。

　　請不要喝酒。

2　五時<ruby>五時<rt>ごじ</rt></ruby>まで帰<ruby>帰<rt>かえ</rt></ruby>らないでください。

　　五點以前請不要回去。

～ないように（お願<ruby>願<rt>ねが</rt></ruby>いします）

請不要……

完整的說法是～ないようにお願<ruby>願<rt>ねが</rt></ruby>いします，可省略後半部只用～ないように。用於尊長、上級或來訪的客人，相當於中文的「請不要……」。

1　展示品<ruby>展示品<rt>てんじひん</rt></ruby>にお触<ruby>触<rt>ふ</rt></ruby>れにならないように（お願<ruby>願<rt>ねが</rt></ruby>いします）。

　　請不要觸碰展覽品。

2　お忘<ruby>忘<rt>わす</rt></ruby>れもののないように（お願<ruby>願<rt>ねが</rt></ruby>いします）。

　　請不要忘記隨身物品。

展示品に触れないように！

お／ご～なさらないように（お願いします）

請不要……

なさらない是由する的敬語なさる後續否定助動詞ない所構成。～なさらないように後面也同樣省略お願いします等詞語，尊敬程度高於～ないように，可用於尊長、上級或來訪的客人等。相當於中文的「請不要……」。

1	煙草をおのみなさらないように（お願いします）。 請不要吸菸。
2	遠いところまでお出掛けなさらないように（お願いします）。 請不要到遠的地方去。
3	お忘れものをなさらないように（お願いします）。 請不要忘記隨身物品。
4	どうぞ、ご心配なさらないように。 請不要擔心。

🍁 尊敬語的可能表現

お／ご～になれる

能、能夠、可以

お + 和語動詞連用形 + になれる（或お～になることができる）

ご + 漢語動詞語幹 + になれる（或ご～になることができる）

非可能動詞要作為尊敬語表示可能時，要用這一慣用型來表現。

1
このホームで次の列車をお待ちになることができません。

不能在這個月台等下一班次的火車。

2
高橋外相は英語をご自由にお話しになれます。

高橋外交部長能自由地講英語。

3
渡辺先生は中国語の本もお読みになれます。

渡邊老師能夠讀中文書。

4
車があいていれば、いつでもご利用になれます。

如果在沒有人使用的情況下，您隨時都可以開車。

5
同窓会は日曜日の午後ですから、先生もご参加になれることと思います。

同學會在星期天的下午，我想老師也能夠參加。

📝 補充

本身就含有可能意思的動詞，如：わかる、見_みえる、聞_きこえる、できる等，一般用お〜になる這一慣用型來表達尊敬語的可能形表現。

1	私_{わたし}の言_いったことがおわかりになりますか。 我講的您懂了嗎？
2	手続_{てつづ}きはひとりでおできになりますか。 您一個人可以辦理手續嗎？
3	あの山_{やま}の頂_{いただ}きにある建物_{たてもの}がお見_みえになりますか。 您能看見那山頂上的房子嗎？

・還有一些意思相同但不會那麼生硬的說法可以代替：

1	私_{わたし}の言_いったことをご理解_{りかい}いただけたでしょう。 我講的您可以懂吧！
2	手続_{てつづ}きは一人_{ひとり}でよろしいでしょうか。 您一個人可以辦理手續吧！
3	あの山_{やま}の頂_{いただ}きにある建物_{たてもの}がお見_みえになるでしょう。 您看得到那個山上的房子吧！

memo

二、謙讓語

　　謙讓語也稱為自謙性的敬語。一般在說話者提到自己這方的人如何如何時使用謙讓語，以表示對聽話者或話題中人物的尊敬。

謙讓語名詞篇

構成謙讓語名詞的接頭語

構成謙讓語名詞的接頭語很少，並且可構成的名詞也不多。一般在口語裡不太使用，多作為書面語言用在文章、書信、函電裡。

1 愚（ぐ）	
愚兄（ぐけい）	愚兄
愚案（ぐあん）	我的方案
2 小（しょう）	
小生（しょうせい）	本人
小社（しょうしゃ）	敝公司、本公司
3 粗（そ）	
粗茶（そちゃ）	粗茶
粗品（そしな）	薄禮

4	弊_{へい}	

弊社 へいしゃ	敝公司
弊紙 へいし	本報

5	当_{とう}	

当店 とうてん	本店
当校 とうこう	本校

▪ 例句

1	小生は無事に東京に到着いたしました。 しょうせい　ぶじ　　とうきょう　とうちゃく 我平安地到了東京。
2	粗品でございますが、どうぞお受け取りください。 そしな　　　　　　　　　　　　う　と 一點薄禮，請您收下！
3	弊社は品質の向上に絶えず努力しております。 へいしゃ　ひんしつ　こうじょう　た　　　どりょく 本公司不斷努力在提高產品品質。
4	はなはだすみませんが、当店はその品を扱っておりません。 とうてん　しな　あつか 很抱歉，本商店沒有販賣那種商品。

做謙讓語用的普通名詞

和尊敬語不同的是，普通名詞可以代表講述的是己方的人事物。

- うちの〜：普通名詞うち後續の，用うちの做連體修飾語修飾下面的名詞，相當於中文的「敝……」、「我們的……」。

1	うちの会社	敝公司、我們公司
2	うちの学校	敝校、我們學校
3	うちの店	敝商店、我們的商店

▪ 例句

1	うちの会社は週にやはり六日仕事です。 敝公司每週仍工作六天。
2	うちの学校は来週から夏休みです。 敝校從下週開始放暑假。

- 親屬稱呼：一般用普通名詞來作為有關親屬的謙讓語。在對話中提到自己的親屬時，要用謙讓語稱呼（謙稱）；提到對方的親屬時，則要用尊敬語稱呼（敬稱）。

親屬稱呼對照表	
謙讓語稱呼 (己方)	尊敬語稱呼 (對方)
家族｜家屬	ご家族｜您的家屬
うちのもの｜家裡的	お宅の方、おうちの方｜您的家人
夫｜我的丈夫	ご主人｜您的丈夫

妻、家内、女房｜我的妻子	奥さん、奥さま｜您的太太
父｜我的父親、家父	お父さん、お父さま｜您的父親
母｜我的母親、家母	お母さん、お母さま｜您的母親
子供も｜我的孩子	お子さん、お子さま｜您的孩子
息子｜我的兒子	お坊ちゃん、息子さん｜您的少爺
娘｜我的女兒	お嬢さん、娘さん｜您的小姐
兄｜我的哥哥	お兄さん、お兄さま｜您哥哥、令兄
姉｜我的姐姐	お姉さん、お姉さま｜您姐姐
兄弟｜我的兄弟	ご兄弟｜您的兄弟

▪ 例句

1
父は田舎に住んでおります。

我的父親現在住在鄉下。

2
張さん、お父さんがいらっしゃいましたよ。

張先生！您的父親來了。

3
兄は今日休みです。

我的哥哥今天休息。

4
お兄さんは今日休みですか。

您哥哥今天休息嗎？

・ 同事稱呼：同樣將普通名詞作為謙讓語名詞來用。

同事稱呼對照表	
謙讓語稱呼（己方）	尊敬語稱呼（對方）
うちの会社｜我們公司	貴社｜貴公司、您公司
会社の人｜我們公司的人	会社の方｜您公司的人
山川｜山川	山川さん｜山川先生
社長｜社長	社長さん｜社長先生
社長の佐藤｜社長佐藤	佐藤社長｜佐藤社長
名前｜（我的）名字	お名前｜您的名字
住所｜（我的）住址	ご住所｜您的住址

▪ 例句

1

A：「社長さんはいらっしゃいますか。」

社長先生在嗎？

B：「社長は出張中でおりません。」

社長出差了，不在。

前一句外人在電話裡詢問人家公司的社長在不在，因此用社長さん；後一句為這
間公司職員在電話裡的回答，這時講自己公司的社長要用社長。

2

A：「お名前は何と言いますか。」

您叫什麼名字？

B：「名前は陳平和と申します。」

我的名字叫陳平和。

前一句問別人的名字用お名前；後一句答自己的名字用名前。

謙讓語的人稱代名詞

人稱代名詞的謙讓語不多，比照尊敬語很容易掌握。

人稱代名詞尊敬語、謙讓語對照表		
人稱代名詞	尊敬語	謙讓語
わたし｜我	／	わたくし わたしども (我們) わたくしども (我們)
あなた｜你	あなたさま そちら そちらさま お宅 お宅さま	／
この人｜這位	この方 このお方 こちら こちらさま	／
その人｜那位	その方 そのお方 そちら そちらさま	／
あの人｜那位	あの方 あのお方 あちら あちらさま	／

だれ｜哪位	どなた どなたさま どちら どちらさま どの方^{かた} どのお方^{かた}	／

- **例句**

1 わたしどもはけさ東京^{とうきょう}に到着^{とうちゃく}いたしました。

我們今天早上來到了東京。(謙讓語)

2 あなたがたはみな台北^{タイペイ}からいらっしゃったのですね。

你們都是從台北來的吧。(尊敬語)

3 お宅^{たく}のみなさまもお変^かわりありませんか。

府上都好嗎？(尊敬語)

4 A：「失礼^{しつれい}ですが、どちら様^{さま}でしょうか？」

冒昧問一下，您是哪位？(尊敬語)

B：「 B 会社^{かいしゃ}の山崎^{やまざき}です。」

我是 B 公司的山崎。

🍁 謙譲語動詞篇

おる

在

いる的謙譲語，表示自己或自己這方的人在，相當於中文的
「在」。

1
母はいまでも田舎におります。

我的母親現在還在鄉下。

2
部長はただいま外出中でおりません。

部長外出了不在。

3
A：「おい、中村君いるかい。」

「喂！中村在嗎？」

B：「ああ、課長はおりません。」

「啊！課長不在。」

4
A：「太田先生はご在宅でしょうか。」

「太田老師在家嗎？」

B：「主人はおりませんが、どなたさまでしょうか。」

「我的丈夫不在，您是哪一位？」

📖 補充

～ております：～ている的謙讓語，表示自己或自己這方的人「正在做……」，相當於中文的「正在……」。

1	私はいまその本を読んでおります。 我正在看那本書。
2	弟はいま中学校に通っております。 我弟弟在上中學。

※ 另外おる還可以作為丁寧語來用。請參 P.130。

いたす

做……

する的謙讓語，表示自己或自己這方的人「做……」。

1	後始末は私がいたしましょう。 由我來收拾吧！
2	それではこの辺で暇いたしましょう。 那麼我就告辭了。
3	用事がありますので、あした欠席いたします。 我有事情，因此明天請假。
4	その問題はもう解決いたしました。 那個問題已經解決了。

参る
<ruby>参<rt>まい</rt></ruby>る

去、來

<ruby>行<rt>い</rt></ruby>く、<ruby>来<rt>く</rt></ruby>る的謙讓語。

・ 做<ruby>行<rt>い</rt></ruby>く的謙讓語,表示自己或自己這方的人「去」。

1
<ruby>私<rt>わたし</rt></ruby>は<ruby>来月中<rt>らいげつちゅう</rt></ruby>に<ruby>日本<rt>にほん</rt></ruby>へまいります。

下個月我會到日本去。

2
お<ruby>食事<rt>しょくじ</rt></ruby>に<ruby>私<rt>わたし</rt></ruby>も<ruby>一緒<rt>いっしょ</rt></ruby>にまいります。

我也一塊兒去吃飯。

3
<ruby>会社<rt>かいしゃ</rt></ruby>のものがすぐまいります。

我們公司的人立刻就去。

・ 做<ruby>来<rt>く</rt></ruby>る的謙讓語,表示自己或自己這方的人「來」。

1
お<ruby>迎<rt>むか</rt></ruby>えにまいりました。

我來接您了。

2
ただいま<ruby>課長<rt>かちょう</rt></ruby>がまいりますから、しばらくお<ruby>待<rt>ま</rt></ruby>ちください。

課長現在就來,請稍候。

3
Ａ：「<ruby>今留守<rt>いまるす</rt></ruby>です。」

「現在不在。」

Ｂ：「じゃ、あしたまたまいります。」

「那麼我明天再來。」

📖 補充

～てまいる：～ていく、～てくる的謙讓語。

・做～ていく的謙讓語補助動詞來用，表示自己或自己這方的人「去……」。

1	お宅まで送ってまいります。 我送到您府上。
2	重いからリヤカーで運んでまいります。 因為太重，用手推車拉去。
3	今晩、先生のお宅へ伺うときに、その本を持ってまいります。 今晩到老師家拜訪的時候，會把那本書帶去。

・做～てくる的謙讓語補助動詞來用，表示自己或自己這方的人「……來」。

1	A：「いってまいります。」 「我走了。」 B：「いってらっしゃい。」 「你去吧！」
2	帰りに小野さんの家に寄ってまいりました。 我回來的路上去了小野先生家一趟。

上がる
來、去、拜訪

来る、行く、訪問する的謙讓語，表示自己或自己這方的人「到您那裡去」或「去拜訪您」。相當於中文的「來」、「去」、「拜訪」。

1　あしたお宅へあがってもよろしゅうございますか。

　　明天我可以到府上拜訪嗎？

2　一度お宅へ相談にあがろうかと思っています。

　　我想到府上去商量一下。

3　今日は実はお詫びにあがりました。

　　老實說，今天我是來向您道歉的。

4　ご病気だと伺いましたのでお見舞いにあがりました。

　　聽說您生病了，所以我來探望您。

※ 另外あがる還可以作為尊敬語來用，這時則是他動詞，兩者意思完全不同。請參 P.33。

お迎えにまいりました。

申す

說、講、叫

言う的謙讓語，用於自己或自己這方的人「說」、「講」、「叫」。

1
つまらないことを申してすみません。

講了一些無聊的事，很對不起。

2
母からもよろしく申しております。

我母親也向您問好。

3
はじめまして、李と申します。

初次見面，我姓李。

※ 另外，申す也可以作為丁寧語來用。請參 P.134。

申し上げる

說、講

言う的最高級謙讓語，謙讓的程度也可以說是尊敬對方的程度，高於申す，含有講給您聽的意思。相當於中文的「說」、「講」，或根據前後關係適當譯成中文。

1
一言御挨拶申しあげます。

請允許我說幾句話。

2
心からお祝いを申しあげます。

致以衷心的祝賀。

3 この席を借りて、一言お礼を申しあげます。

藉此機會表示感謝。

4 突然のことで何と申しあげてよいかわかりません。

有些突然，不知道說什麼才好。

存じる

知道、認識、想、認為

知る、思う的謙讓語。

• 做知る的謙讓語，表示自己或自己這方的人「知道」、「認識」。

1 それは存じております。

那件事我知道。

2 それは存じません。

那件事我不知道。

3 鈴木先生はいつ東京へお帰りになるか存じません。

我不知道鈴木老師什麼時候回東京。

4 その方なら存じております。

要是他的話，我認識。

• 做思う的謙讓語，表示自己或自己這方的人「想」、「認為」。

1 結構だと存じます。

我認為很好。

2　ご無沙汰しておりますが、皆さまお元気でお過ごしのことと存じます。

久未問候，我想大家都好吧！

3　ご返事くだされば幸甚に存じます。

如果能得到您的回信，實感榮幸。

4　わたしどもは貴地に不案内ですから、空港でお会いしたいと存じます。

我們對貴地生疏，希望能在機場見到您。

📝 補充

値得注意的是，尊敬語的ご存じです（P.37）很容易和謙讓語的存じる混淆在一起。

1　それは存じております。

我知道那件事。

2　あのことはご存じですか。

您知道那件事嗎？

上述的句子裡都沒有主語出現，但前一個句子用存じております，因此是謙讓語，講自己知道，而後一個句子用ご存じです則是尊敬語，講對方知道。

伺う
うかが

聴、聴到、問、詢問、拜訪（您）

可作為聞く、尋ねる、訪ねる、訪問する的謙讓語來使用。

・ 做聞く、尋ねる的謙讓語來用，表示自己或自己這方人的「聴」、「聴到」或「問」、「詢問」。

1
先生のご解釈を伺って疑問は解けました。

聽了老師的解釋後，我的疑問解開了。

2
このことについてあなたのご意見を伺いたいと存じます。

關於這件事情，我想聽一聽您的意見。

3
ご出張中だと伺っておりますが、いつお帰りになったのですか。

我聽說您在出差，什麼時候回來的？

4
ちょっと伺いますが、駅へはどう行ったらいいでしょうか。

請問！往車站的路怎麼走？

・ 做訪ねる、訪問する的謙讓語，表示自己或自己這方人的「拜訪（您）」。

1
今日の午後、お宅へ伺います。

今天下午我會到府上拜訪。

2 あした伺ってもよろしゅうございますか。

我明天可以拜訪您嗎？

3 昨日の午後伺いましたが、お留守で残念でした。

昨天下午我去拜訪您，很遺憾地您不在。

A：「私のうちへ遊びにいらっしゃいませんか。」

「您要不要到我家來玩呢？」

4

B：「はい、喜んで伺います。」

「好，我很樂意去。」

今日の午後
お伺いします。

承る
うけたまわ

聽、聞

一般作為聞く的謙讓語來用，表示自己或自己這方人的「聽」、
「聞」。

1
ご意見を喜んで承ります。

我很樂意聽一聽您的意見。

2
ご盛名はかねがね承っております。

久仰大名。

3
承りますれば、この度ご栄転の由、誠におめでとうございます。

聽說您此次榮升，真是可喜可賀。

📝 補充

在商業方面，營業員、售貨員使用承る時，與承知する、
受けいれる的意思相同，相當於中文的「接受」等，或適當
地譯成中文。

1
定期預金ですね。はい、承りましょう。

是定期存款吧！好，我來承辦。

2
ご注文を承りました。

我們接受您的訂貨。

拝見する

見到

見る的謙讓語，表示自己或自己這方人的「看（您的東西）」。
相當於中文的「見到」。

1
拝復、お手紙拝見しました。

敬覆者，已拜讀您的來信。

2
ちょっと拝見させていただきます。

請讓我稍微看一下！

御覧に入れる

給（您）看……

見せる的謙讓語，表示自己或自己這方人將東西「給（您）
看……」。

1
あなたにぜひご覧に入れたい本があります。

我有一本書想給您看一看。

2
渡辺先生に台湾の風俗習慣に関する写真をご覧に入れました。渡辺先生は大変お喜びになりました。

我把有關台灣風俗習慣的照片給渡邊老師看了，渡邊老師很高興。

📝 補充

〜てご覧に入れる：作為〜てみせる的謙讓語來用，表示自己或自己這方的人進行某種活動給（您）看。相當於中文的「給（您）看」或不譯出。

1	今度はきっとパスしてご覧に入れます。
	這次一定考上（給大家看）！
2	踊りを踊ってご覧に入れましょう。
	我跳個舞給你們看吧！
3	手伝ってくださったら、きっと成功してご覧に入れます。
	如果有你們幫忙的話，我一定成功給大家看！

お目に掛ける

給（對方）看……

見せる的謙讓語，與ご覧に入れる的意思、用法相同，但對對方尊敬的程度較低。表示自己或自己這方的人將某種東西「給對方看」。

1
私の書いた字をお目に掛けましょう。

把我寫的字給您看一看吧！

2
いいものをお目に掛けますから、こちらへいらっしゃい。

我給您看個好東西，請到這邊來。

3
お恥ずかしいところをお目に掛けて大変失礼いたしました。

讓您看見這不光彩的場面，真的很對不起！

4
社長にも書類をお目に掛けておいた方がいいと思います。

我想還是把文件給社長看一看比較好。

お目にかかる

見到、見面

会う的謙讓語，表示自己或自己這方的人「見到」、「遇見」某一尊長、上級，相當於中文的「見到」、「見面」等。

1 長らくお目にかかりませんでした。

許久未見了。

2 はじめてお目にかかりまして、よろしくお願いします。

初次見面，請多關照！

3 お目にかかれてうれしゅうございます。

能見到您我很高興。

4 先生にお目にかかりたいですが、ご都合のいい日はいつでしょうか。

我想見一見老師，請問什麼時間方便呢？

5 野村先生には前に一度お目にかかりました。

我以前曾見過野村老師一面。

いただく

要、接受、吃、喝

可作為もらう、食_たべる、飲_のむ的謙讓語來用。

- 做もらう的謙讓語，表示自己或自己這方的人向對方或尊長、上級「要」某種東西。相當於中文的「要」、「接受」，或根據句子的前後關係適當地譯成中文。

1
これは先生_{せんせい}からいただいた本_{ほん}です。

這是老師給的書。

2
大変_{たいへん}素晴_{す ば}らしいものです。それではいただきます。

這東西真好啊！那麼我就接受了。

3
先日_{せんじつ}は結構_{けっこう}なお品_{しな}をいただきましてありがとうございました。

前幾天收到了您贈送的珍品，謝謝您了。

- 做食_たべる、飲_のむ的謙讓語，表示自己或自己這方的人「吃」、「喝」。

1
では、いただきます。

那麼我就開動啦！

2
では、遠慮_{えんりょ}なくお先_{さき}にいただきます。

那麼我就先開動了。

3
もう一杯_{いっぱい}お茶_{ちゃ}をいただきたいです。

我想再來一杯茶。

4　私は甘いものはいただきません。
　　我不吃（喝）甜的東西。

Ⓐ 〜ていただく：〜てもらう的謙讓語，表示自己或自己這方的人請對方或尊長、上級做某種事情。相當於中文的「請（您）……」，或適當地譯成中文。

※ 〜ていただく可參見 P.52。

1　こんないいものを買っていただいてありがとうございました。

　　您給我買這麼棒的東西，謝謝您了。

2　この文の意味を説明していただきたいのですが。

　　我想請您說明一下這個句子的意思。

3　こんな病気はやはり専門のお医者さんに見ていただいた方がいいです。

　　這樣的病還是請專科醫生看一下比較好。

Ⓑ 〜せて／させていただく：〜せて／させてもらう的謙讓語，相當於中文的「請（您）容我……」。請求的對象與〜ていただく是相同的，大都是對說話者；但動作的主體是不同的，〜ていただく句子裡動作主體是對方或尊長、上級，而〜せて／させていただく由於使用了使役助動詞せる、させる，因此使役動作主體雖是對方、上級，但實際進行某一動作的則是說話者或另外的人。

1	では、先生に説明していただきます。 請老師（為我們）說明！
2	私が説明させていただきます。 請（老師）讓我說明！

前一句表示請老師說明，動作的主體也是請的對象；後一句表示請讓我說明，請的對象雖是老師，但講這一動作的主體則是我（或另外的人）。兩者意思不同且容易搞錯。

頂戴する
<ruby>頂戴<rt>ちょうだい</rt></ruby>する

要、接受、吃、喝

是もらう、<ruby>飲<rt>の</rt></ruby>む、<ruby>食<rt>た</rt></ruby>べる的謙讓語，與いただく的意思、用法相同。

- 做もらう的謙讓語，表示自己或自己這方的人向對方或尊長、上級「要」東西。相當於中文的「要」、「接受」，或根據句子的前後關係適當地譯成中文。

1　大変立派なものを頂戴いたしまして、ありがとうございました。

接受您這麼好的東西，太謝謝您了。

2　ここにあなたのサインを頂戴したいのですが。

請您在這簽名。

3　この時計は卒業記念として校長先生から頂戴したものです。

這支錶是作為畢業紀念品由校長給的。

- 做飲む、食べる的謙讓語，表示自己或自己這方人的「吃」、「喝」。

1　それでは頂戴します。

那麼我就開動了。

2　せっかくですから、遠慮なく頂戴いたします。

機會難得，那我就不客氣吃了。

88

A：「どうぞ、召し上がってください。」

3 「請！請吃吧！」

B：「はい、もうたくさん頂戴いたしました。」

「是，已經吃了好多了。」

📃 **補充**

〜て頂戴：表示「請（您）……」，這麼用時已不是謙讓語，只是一種女性和兒童的用語。

1 魚屋さん、あしたもまた来てちょうだい。

賣魚的先生，明天您還要來唷！

---

2 ぼうや、台所から茶碗を持ってきてちょうだい。

小朋友！從廚房把飯碗拿來！

差し上げる

送、給、贈送

やる、あげる的謙讓語，表示自己或自己這方的人向對方或尊長、上級「送」、「給」、「贈送」某種東西，或根據句子的前後關係適當地譯成中文。

1 何を差し上げましょうか。

（售貨員講）您需要什麼呢？

2　みんなは先生にお見舞いの品を差し上げました。

大家給老師送了慰問的禮品。

3　父が先生にぜひ差し上げたいものがあると申しておりま
す。

父親說有樣東西一定要送給老師。

4　あとでこちらから電話を差し上げます。

稍後我給您打電話。

📝 補充

～て差し上げる：～てやる、～てあげる的謙讓語，相當於
中文的「我給您……」。

1　薬は私が病院からもらってきて差し上げます。

藥我從醫院給您帶來。

2　近いうちに小林さんが結婚しますから、何かお祝い
の品を送って差し上げましょう。

最近小林先生要結婚，我們送點什麼祝賀的禮品吧。

進呈する
しんてい

送、贈送、奉送

也是やる、あげる的謙讓語，與差し上げる的意義、用法相同，表示自己或自己這方的人向對方或尊長、上級「送」某種東西。一般作為書面語言用在書信、印刷品上，很少出現在對話裡。相當於中文的「送」、「贈送」、「奉送」等。

1
見本を進呈いたします。
贈奉樣本。

2
無料で進呈します。
免費贈送。

3
郵便で申し込み次第進呈します。
以郵寄的方式承索即寄。

承知する
しょうち

懂、知道

わかる的謙讓語，表示自己或自己這方人的「懂」、「知道」。

1
A：「この手紙を出してきてください。」
「請把這封信寄出去。」
B：「はい、承知しました。」
「是，知道了。」

2 そのことなら承知しております。

那件事我知道。

3 お申し込みの件承知しました。

關於申請一事，已明白了。

4 先生が今日いらっしゃることは李さんから聞いて承知しました。

老師今天要來的事我從李先生那兒聽說了。

📖 補充

有時用ご承知、ご承知なさる作為尊敬語來用，表示對方或尊長、上級的「知道」。

1 ご承知の通り、台湾はそれほど大きくない島でございます。

正如您所知道的，台灣並不是很大的島嶼。

2 あなたもよくご承知のことと思います。

我想您也知道得很清楚。

かしこまる

知道

わかる的謙讓語，與 承 知する相同，但尊敬的程度及謙讓的程度
要比之高一些。表示自己或自己這方人的「知道」。

1
A：「田村先生によろしく。」

「請幫我向田村老師問好。」
B：「かしこまりました。申しあげます。」

「好的，我會代為問候。」

2
A：「この手紙を内山先生に渡してくださいませんか。」

「可以請你把這封信交給內山老師嗎？」
B：「はい、かしこまりました。お渡しします。」

「好的，我會拿給他。」

3
A：「カクテルをお願いします。」

「來杯雞尾酒。」
B：「はい、かしこまりました。」

「好的，知道了。」

4
A：「万年筆を見せてください。」

「把鋼筆給我看一下。」
B：「はい、かしこまりました。これはいかがでしょうか。」

「是，知道了。這支怎麼樣？」

❀ 謙讓語的慣用型

お／ご～する

お + 和語動詞連用形 + する

ご + サ變動詞語幹 + する

表示自己或自己這方的人對對方或尊長、上級做某種事情，但自己或自己這方的人的動作必須與對方或尊長、上級有某種關係、某種影響才可以使用。謙讓的程度及尊敬的程度在之後會提到的慣用型中最低。

1	どうぞ、よろしくお願_{ねが}いします。 請您多關照！
2	ちょっとお尋_{たず}ねします、このあたりに郵便局_{ゆうびんきょく}はありませんか。 請問！這附近有郵局嗎？
3	お忙_{いそが}しいところを突然_{とつぜん}お邪魔_{じゃま}しまして、失礼_{しつれい}いたしました。 很抱歉在您忙的時候突然來打擾。
4	お荷物_{にもつ}はこちらへお運_{はこ}びしましょうか。 我把您的行李搬到這邊來吧？

僕と付き合ってください！

はい！
よろしくお願いします。

5
台北へいらっしゃったら、ご案内します。

您來台北的話，我給您做嚮導。

但如果自己或自己這方的人的動作不和對方或尊長有關係時，則不適用這一慣用型，這時用一般的動詞或一般謙讓語動詞。

×みんなは和服をお着して、出席いたしました。
○みんなは和服を着て、出席いたしました。

大家穿著和服參加了。

×父はそうお言いしました。
○父はそう申しました。

父親這麼說了。

お／ご〜いたす

我（為您）做……

お ＋ 和語動詞連用形 ＋ いたす

ご ＋ 漢語動詞（サ變動詞）語幹 ＋ いたす

與お／ご〜する的意思、用法相同，只是尊敬（謙讓）的程度較之稍高，自己或自己這方的人的動作必須與對方或尊長、上級有某種關係、影響才可以使用。相當於中文的「我（為您）做……」。

1
詳しいことはお目にかかってお話いたします。

詳細情況見到您以後再和您講。

2
午後三時までには必ずお届けいたします。

在下午三點以前一定送到。

3 お言い付けがございましたら、お伝えいたします。

您有什麼吩咐，我給您轉達。

4 一日もはやくご回復になることをお祈りいたします。

祝您早日恢復健康！

5 このことについて私がご説明いたします。

關於這件事，由我來說明一下。

6 あとで電話でご連絡いたします。

之後再用電話聯繫您。

お／ご〜申す

我（為您）做……

お＋和語動詞連用形＋申す

ご＋漢語動詞（サ變動詞）語幹＋申す

與お／ご〜する、お／ご〜いたす的意思、用法相同，也表示自己或自己這方的人為對方或尊長、上級做某種事情，所做的事情一定要與對方或尊長發生某種關係、有某種連繫。尊敬（謙讓）的程度高於前兩者。相當於中文的「我（為您）做……」或適當翻譯。

1 のちほどお知らせ申します。

隨後我通知您。

2　よろしくお願い申します。
請您多關照！

3　のちほどご相談申します。
隨後我和您商量。

4　よければご採用申します。
好的話就錄用。

お／ご～申し上げる

我（為您）做……

お + 和語動詞連用形 + 申し上げる

ご + 漢語動詞（サ變動詞）語幹 + 申し上げる

與お／ご～する、お／ご～いたす、お／ご～申す的意思、用法相同，表示自己或自己這方的人為對方或尊長、上級做某種事情，所做的事情一定要與對方或尊長發生某種關係、有某種連繫。尊敬程度是幾個慣用型中最高的，故多用於函電、書信、演講、致詞等比較鄭重的場合。相當於中文的「我（為您）做……」，或根據句子前後關係適當譯成中文。

1　ご健康を心からお祈り申し上げます。
衷心祝您身體健康！

2　ご結婚を心からお喜び申し上げます。
衷心祝賀新婚之喜。

3 この席をお借りして一言お礼申し上げます。

藉此機會，謹表謝意。

4 不慮のご災難、心からご同情申し上げます。

對您的意外之災，深表同情。

📖 補充

另外，即使自己的動作與對方有一定的關連，在謙讓語動詞中有可以獨立使用的謙讓語動詞時，就要用謙讓語動詞，而不能用上述幾個慣用型。

×お便りをお読みいたしました。
○お便りを拝見しました。

來函已悉。

×あしたの午後お宅へお行き申します。
○あしたの午後お宅へ伺います。

明天下午我到您府上拜訪。

ご結婚を心から
お喜び申し上げます。

お／ご〜いただく

請您……

お + 和語動詞連用形 + いただく

ご + 漢語動詞（サ變動詞）語幹 + いただく

表示自己或自己這方的人請求對方或尊長、上級為自己做某種事情。尊敬（謙讓）的程度高於〜ていただく。相當於中文的「請您……」。

1
もう少し詳しくご説明いただきます。

請您再詳細說明一下！

2
野村先生にお伝えいただきます。

請轉告野村老師一聲！

3
お暇がございましたら、ご案内いただきます。

如果有時間，請您做嚮導！

4
こんな結構なお土産をお贈りいただきましてありがとうございました。

這次承蒙贈送珍貴的土產，真謝謝您了。

5
昨日わざわざお越しいただきましたが、あいにく不在で失礼いたしました。

昨天您特地光臨，不巧我不在家，太對不起了。

📝 補充

お／ご～いただけませんか也同樣表示請求，語氣更加委婉。

1	もう暫（しばら）くお待（ま）ちいただけませんか。 請再稍等一會兒。
2	辞書（じしょ）をお貸（か）しいただけませんか。 可以把字典借給我一下嗎？

※ 請參 P.53 お／ご～いただく。

memo

🍁 謙讓語的可能表現

お／ご～できる

能、能夠、可以

お + 和語動詞連用形 + できる

ご + 漢語動詞（サ變動詞）語幹 + できる

表示自己或自己這方的人「能」、「能夠」、「可以」。

1
ひとり
一人でもお運びできます。

一個人也能夠搬。

2
こんげつ すえ おく
今月の末までにお送りできます。

在本月月底以前可以送到。

3
でんわ ちゅうもん とど
電話でご注文くだされば、いつでもお届けできます。

如果來電訂購的話，隨時都可以送到家裡。

4
えき あい かいじょう あい
もし駅でお会できなかったら、会場でお会しましょう。

如果沒辦法在車站那見面的話，我們就會場上見吧！

5
にゅうかい なに うれ ぞん
あなたもご入会できれば、何よりも嬉しく存じます。

如果你也能夠入會的話，就再好不過了。

📝 補充

Ⓐ 在使用わかる、見える、聞こえる等可能動詞時，可以直接
用這些動詞表示可能。

1

先生のお話はよくわかります。

我懂老師講的話。

2

目がよいので遠くまで見えます。

我眼睛好，可以看到很遠。

3

後に座っていてもよく聞こえます。

即使坐在後面，也可以聽得見。

Ⓑ 動詞連用形 + かねる

另外在「不能……如何如何」時，可以用～かねる這一接
尾語表示「不能……」、「不好……」。～かねる雖不是
敬語動詞，但此用法語氣委婉，表達了對對方的尊敬。

1

忙しくてお手伝いしかねます。

太忙了，我幫不了您的忙。

2

せっかくですが、私にはいたしかねます。

雖然您那麼說，可是我做不到。

3

今すぐには答えかねます。

現在無法立刻回答您。

三｜丁寧語

三、丁寧語

丁寧語是日語的稱呼，譯為中文時有人翻成鄭重語、客氣語、恭敬語等。是對聽話者直接表示敬意、帶有恭敬語氣的客氣說法，有時說話者為了表示自己有修養，也會使用丁寧語。和尊敬語、謙讓語不同，可以用來講客觀事物。

🍁 丁寧語的基本用語

です

是

是常體だ的禮貌說法。可以接在體言、用言、大部分助動詞和形式名詞の的下面，依據不同情況有時無法譯出。

現在形：です

過去形：でした

推量形：でしょう

否定形：ではありません

・ 接在體言（名詞、代名詞、數詞）下面，表示某種東西是什麼。相當於中文的「是」。

1	なかなか立派な建物ですね。 真是宏偉的建築啊！
2	富士山は日本一高い山でしょう。 富士山是日本的第一高山吧。

3　昨日はいい天気でした。

昨天是個好天氣。

4　ご存じの通り、京都は工業都市ではありません。

正如您所知，京都不是工業城市。

・可以接在用言（動詞、形容詞、形容動詞）下面。形容動詞下面的です雖也屬於「丁寧語」的用法，但它是形容詞的一部分（形容動詞的語尾）。在中文裡不必譯出。

1　寒いですね。

真冷啊！

2　東京は物価が高いでしょう。

東京的物價很貴吧！

3　ずいぶんお忙しいでしょう。

您很忙吧！

4　あのとき体が強かったですよ。

那時身體很強壯呢！

5　あしたは晴れるでしょう。

明天會是晴天吧。

6　雨が降るでしょう。

要下雨了吧。

7　なかなか立派ですね。

真雄偉啊！

8
あなたも好きでしょう。

你也喜歡吧。

9
おじいさんは病気の前とても達者でした。

爺爺在生病以前是很健康的。

・接在大部分助動詞，如：れる／られる、せる／させる、ない、らしい、たい、た等下面。在中文裡一般也譯不出。

1
そんなことをすると、叱られるでしょう。

做那種事會挨罵的。

2
父は私を海水浴に行かせないんです。

父親不讓我去海水浴場。

3
野村先生は今日もいらっしゃらないです。

野村老師今天也不會來。

4
雨がもう止んだらしいです。

雨好像停了。

5
私も海水浴に行きたいです。

我也想去海水浴場。

6
李さんはもう東京から帰ってきたでしょう。

李先生從東京回來了吧。

06

- 接在形式名詞の的下面，用來說明原因等。可譯為中文的「因為……」，有時也可以不譯出。

1
飛行機で行ったのですから、はやいはずです。

因為是坐飛機去的，當然很快。

2
とても寒かったのですから、風邪を引きました。

因為實在太冷了，所以感冒了。

有時表示原因的語氣很輕，只是加強語氣。

1
先日日本へいらっしゃったのでしょう。

前些日子您到日本去了吧。

2
大変つらかったのでしょう。

是很不好受的吧！

3
日本語を勉強したいのですが、どうしたらいいでしょう。

我想學日語，但是該怎麼學才好呢？

📝 補充

～であります：與です的意思、基本用法相同，但語氣比で
す更加鄭重，多用在演講、致詞，很少出現在一般的談話。

1	これはまさに「神への挑戦」であります。 這簡直是「向神的挑戰」。
2	第一次世界大戦の時において科学がすでに相当発達したのであります。 在第一次世界大戰時，科學已經相當發達了。
3	科学の進歩はそれ自体が人間の幸福を高めるために役立つというのが、私たちの常識でありました。 科學的進步，對於提高人類福祉的方面上是有助益的，這件事為我們的常識。
4	金さえあれば最高に楽しい生活ができるというので、人々はそれを得ることに狂奔し、社会全体の迷惑など、考える余裕もないのでありましょう。 人們認為只要有錢就能享受最快樂的生活，因此許多人為了獲取金錢而疲於奔命，甚至沒有餘力思考是否會造成社會全體的困擾。

～でございます

是

與です的用法、意思基本相同，只是對聽話者更加恭敬、語氣更加鄭重。

- 接在名詞下面，相當於中文的「是」。

1
右手に見えますのは東京タワーでございます。

在右手邊看到的是東京鐵塔。

2
次は五階でございます。お降りの方はいらっしゃいませんか。

五樓要到了，請問有人要下嗎？

3
私が言ったのはその本ではございません。

我說的不是那本書。

4
昨日はいい天気でございました。

昨天是個好天氣。

- 形容動詞語幹＋でございます，翻譯成中文時可不譯出。

1
二、三年前、このあたりは非常に静かでございました。

兩、三年前，這附近很安靜。

2
父は亡くなりましたが、母はとても元気でございます。

家父去世了，但家母很健康。

・接在形容詞下面時，不用「形容詞＋でございます」，而是在形容詞連用形く下面直接接ございます，然後く音便為う。

寒（さむ）いです→寒（さむ）くございます→寒（さむ）うございます

あついです→あつくございます→あつうございます

希望助動詞たい後面接ございます時，也直接在連用形く下面接ございます，然後く音便為う。

行（い）きたいです→行（い）きたくございます→行（い）きたうございます→行（い）きとうございます

読（よ）みたいです→読（よ）みたくございます→読（よ）みたうございます→読（よ）みとうございます

※ 請參 P.127 ござる。

ます

接在動詞以及動詞形助動詞れる、られる、せる、させる等下面，
把話講得鄭重一些以示對對方的恭敬。在中文裡一般不譯出。

現在形：ます

過去形：ました

推量形：ましょう

否定形：ません

1	はじめまして、陳と申します。 初次見面，我姓陳。
2	大変お邪魔しました。 太打擾您了。
3	いつこちらへお出でになりましたか。 您什麼時候到這裡來的？
4	それではあした参りましょう。 那麼明天去吧。
5	あしたはもっと暖かくなりましょう。 明天將變得更加暖和。
6	それは申すまでもありません。 那是不言而喻的。

ます還可以用まし、ませ（ませ居多），接在ら行變格動詞
（いらっしゃる、おっしゃる、くださる、なさる等）連用形
下面，連用形語尾り音便為い。構成命令句表示請求命令，
語氣很客氣、恭敬，多為女性、商店售貨員使用。ませ較為
常用但尊敬的程度沒有まし高。可根據句子前後關係適當譯
成中文。

いらっしゃいませ（まし）

おっしゃいませ（まし）

くださいませ（まし）

なさいませ（まし）

1	いらっしゃいませ。何かお探しですか。 歡迎光臨，請問在找什麼商品呢？
2	また、どうぞ、お越しくださいまし。 歡迎您再來！
3	どうぞ、お上がりなさいませ。 請上來吧！

🍁 丁寧語名詞、代名詞篇

構成丁寧語名詞的接頭語、接尾語

構成丁寧語名詞的接頭語、接尾語可以接在和對方以及尊長、上級沒有任何關係的名詞上，由於和對方沒有關係，故稱之為「美化語」，可以讓說話者顯得很有涵養、語氣鄭重。

接頭語

お + 和語名詞
ご + 漢語名詞 } **少數名詞例外**

お、ご本來接在名詞前面，多構成尊敬語名詞指對方或尊長、上級所屬的事物：お名前（您的大名）、お店（您的店鋪）、ご住所（您的住址）。但也可以接在和對方以及尊長、上級沒有任何關係的事物前面，這時所構成的名詞由於和對方沒有關係，屬於丁寧語名詞。

お菓子	點心
お休み	休息
お手洗い	洗手間
お茶	茶
お料理	飯菜
お弁当	便當
ご本	書
ご印	印鑑

1 お砂糖を入れましょうか。

放點糖吧！

2 お菓子を買ってきました。

我買來了點心。

3 お茶をどうぞ。

請喝茶！

4 お手洗いはどちらでございますか。

請問洗手間在哪裡？

5 いらっしゃったのは二人のご老人です。

來的是兩位老人家。

上述句子裡用お或ご的名詞，即便省略了お或ご句子也通順，但使用則顯得更加
鄭重，給人一種好的印象。

✍ 補充

另外，有些名詞也在前面使用お或ご，但這時的お或ご已經成為了這些名詞的一部分，不能省略，因此這些詞不屬於丁寧語。

おかず	菜
お膳	餐盤、飯菜
おでき	腫疱、瘡
おでこ	額頭
おでん	關東煮
お腹	肚子
お握り	飯糰
おふくろ	媽媽
おもちゃ	玩具
おやつ	午後點心
ご飯	飯
ご馳走	盛筵、酒席
……	

接尾語

Ⓐ ～さん：接在名詞下面既可以構成先前說過的尊敬語名詞 (社
長さん、課長さん、おじさん) 也可以構成如下的丁寧語名詞。

魚屋さん	賣魚的店家（老闆）
八百屋さん	賣菜的店家（老闆）
服屋さん	服裝店（老闆）
靴屋さん	鞋店（老闆）
床屋さん	理髮店（老闆）

▪ 例句

1　魚屋さん、あしたも来てちょうだい。

賣魚的老闆！明天也請您來一趟。

2　時計屋さんに頼んで修理してください。

拿去給錶店修理吧！

上述一些名詞不用さん也可以，但用さん則顯得不粗俗。

Ⓑ ～さま：它和尊敬語さま不同，尊敬語さま與さん一樣，可以
接在令人尊敬的人物名詞下面，但作為丁寧語來用時，只能用
皆さん、皆さま、どちらさん、どちらさま等，不好用魚屋
さま、靴屋さま。但它可以接在一些特定的名詞下面，作為寒
暄語來用。

ご苦労さま	辛苦了
ご馳走さま	多謝款待

お邪魔さま	打擾了
お疲れさま	勞累了
お待ちどおさま	久等了

▪ 例句

1　ご苦労さまでした。ありがとう。

　　辛苦了，謝謝。

2　ご馳走さまでした。なかなか結構な料理でした。

　　謝謝您的款待，飯菜太好吃了。

3　お邪魔さまでした。どうもすみませんでした。

　　打擾您了，很對不起。

特定表示恭敬的丁寧語名詞

日語裡在說同一個東西時，有時用通俗的、一般的說法來稱呼，有時則用比較鄭重的說法來講。如腹、飯就是通俗的一般的說法，而相同意思的お腹、ご飯則是鄭重的說法，但它們沒有規律可循，只需在遇到的時候注意一下就可以了。

下面僅對時間名詞的一般說法和鄭重說法做比較，這些時間名詞還可以做時間副詞用。

時間名詞對照表		
一般時間名詞	丁寧語時間名詞	中譯
今日 （きょう）	本日 （ほんじつ）	今天
昨日 （きのう）	昨日 （さくじつ）	昨天
おととい	一昨日 （いっさくじつ）	前天
あした	明日 （みょうにち）	明天
あさって	明後日 （みょうごにち）	後天
今朝 （けさ）	今朝 （こんちょう）	今天早上
あしたの朝 （あさ）	明朝 （みょうちょう）	明天早上
昨夜 （ゆうべ）	昨夜 （さくや）	昨天夜間
今年 （ことし）	本年 （ほんねん）	今年
去年 （きょねん）	昨年 （さくねん）	去年
おととし	一昨年 （いっさくねん）	前年

来年 らいねん	明年 みょうねん	明年
再来年 さらいねん	明後年 みょうごねん	後年

▪ 例句

1
本日ご多用のところ、ご来臨くださいまして誠に感謝に堪えません。

今日蒙您撥冗光臨，不勝感激之至。

2
明日はお休みですから、明後日に学校でお会いしましょう。

明天是假日，後天在學校再見。

3
鈴木先生は昨夜東京を立たれました。

昨晚鈴木老師從東京出發了。

4
昨年はいろいろお世話になり、ありがとうございました。

去年蒙您多方關照了。

做丁寧語用的代名詞

代名詞也有分通俗的說法和比較鄭重的說法，它們除了做丁寧語用外，還可以做尊敬語用。

<table>
<tr><td colspan="3" align="center">場所人稱代名詞對照表</td></tr>
<tr><td>一般代名詞</td><td>丁寧語代名詞</td><td>中譯</td></tr>
<tr><td>ここ、こっち</td><td>こちら</td><td>這裡、這位</td></tr>
<tr><td>そこ、そっち</td><td>そちら</td><td>那裡、那位</td></tr>
<tr><td>あそこ、あっち</td><td>あちら</td><td>那裡、那位</td></tr>
<tr><td>どこ、どっち</td><td>どちら</td><td>哪裡、哪位</td></tr>
<tr><td>この人
ひと</td><td>この方、
かた
こちらの方、
かた
こちら様
さま</td><td>這位</td></tr>
<tr><td>その人
ひと</td><td>その方、
かた
そちらの方、
かた
そちら様
さま</td><td>那位</td></tr>
<tr><td>あの人
ひと</td><td>あの方、
かた
あちらの方、
かた
あちら様
さま</td><td>那位</td></tr>
<tr><td>どの人
ひと</td><td>どの方、
かた
どちらの方、
かた
どちら様
さま</td><td>哪一位</td></tr>
</table>

誰 だれ	どなた（様）、 どちら（様） さま さま	哪一位

▪ 例句

1
A：「お宅はどちらですか。」
たく

「您的府上在哪兒？」
B：「うちは東中野駅の前にあります。」
ひがしなか の えき まえ

「我家在東中野車站前面。」

2
A：「どなたにお話し申しあげたらよろしいでしょうか。」
はな もう

「向哪一位講好？」
B：「あのドアの傍の人にお話しください。」
そば ひと はな

「請向門邊那個人講。」

3
A：「失礼ですが、どちらさまでいらっしゃいますか。」
しつれい

「不好意思！請問您是哪位？」
B：「私は東京の松下会社の中村でございます。」
わたし とうきょう まつしたがいしゃ なかむら

「我是東京松下公司的中村。」

4
A：「あちらはどなたでいらっしゃいますか。」

「那位是誰？」
B：「あちらは田中という方です。」
た なか かた

「那位是田中先生。」

🍁 丁寧語形容詞、形容動詞、副詞

丁寧語形容詞、形容動詞

お＋和語形容詞
ご＋漢語形容詞／形容動詞 ｝少數例外

丁寧語形容詞、形容動詞可由前面加接頭語お／ご構成，然而也有一些特定的獨立丁寧語形容詞、形容動詞。

・お＋和語形容詞
　ご＋漢語形容詞／形容動詞 ｝少數例外
　所構成的丁寧語講話顯得鄭重、尊敬對方。

お暑い	熱
お寒い	冷
お高い	高
お安い	便宜
おやかましい	吵鬧
お静か	安靜
ご閑静	肅靜、安靜
ご快活	快活、活潑

- 特定的獨立丁寧語形容詞、形容動詞很少，常用的有下面兩三個。

形容詞對照表		
一般形容詞、形容動詞	丁寧語形容詞、形容動詞	中譯
うまい	おいしい	好吃
いい（よい）	よろしい 結構	好 可以、行

▪ 例句

1　お寒うございますね。
真冷啊！

2　お静かなところですね。
真是個安靜的地方啊！

3　お広いお部屋でとても明るいです。
是一間很寬敞的房間，很亮。

4　お粗末な品ですが、何卒お納めください。
一點菲薄的東西，請您收下！

5　こんなおいしい料理を食べたことがございません。
從來沒吃過這麼好吃的料理。

6　こちらでたばこを吸ってもよろしゅうございますか。
這裡可以吸菸嗎？

7	あの人に会ったらよろしくお伝えください。
	見到他請代我向他問候。
8	結構なお菓子をありがとうございました。
	收到這麼高級的點心，謝謝您了。

丁寧語副詞

要在由丁寧語構成的句子中使用副詞時，在時間副詞的方面會較要求使用丁寧語副詞。下面將一般的時間副詞與丁寧語時間副詞做一比較。

時間副詞對照表		
一般副詞	丁寧語副詞	中譯
いま	ただいま	現在
今度	この度	這次
すぐ	さっそく	立刻
さっき	さきほど	方才
あとで	後程	以後
この間	先日	前些天
何時か	いずれ	早晚、某日

常用的其他副詞對照表		
一般副詞	丁寧語副詞	中譯
ちょっと	少々（しょうしょう）	多少、稍稍
少（すこ）し	少々（しょうしょう）	多少、稍稍
どうぞ、どうか	何卒（なにとぞ）	請
どう	いかが	如何
いくら	いかほど	多少
（三十分（さんじゅっぷん））ぐらい	（三十分（さんじゅっぷん））ほど	（三十分鐘）左右

▪ 例句

1	この度（たび）はいろいろとお世話（せわ）になりました。 這次讓您關照了。
2	さきほど大村（おおむら）さんがいらっしゃいました。 剛才大村先生來了。
3	では、また後程（のちほど）お目（め）にかかりましょう。 那麼之後我再來看您吧！
4	金田一先生（きんだいちせんせい）はただいまお出（い）でになりますから、少々（しょうしょう）お待（ま）ちください。 金田一老師現在就來，請稍候！

5	何卒お体をお大切に。
	請保重身體！

6	いずれまたお伺いします。
	我擇日再拜訪。

7	詳しいことはいずれお目にかかって申し上げます。
	詳細情況改天見到您時我再和您談。

8	ご気分はいかがですか。
	您覺得舒服嗎？

9	お一人でお出掛けになるのはいかがかと思います。
	您一個人出去，我總覺得不放心！

10	いかほど入り用でございますか。
	費用需要多少？

11	十分ほど待ちますと、首相が二階からおりて来られました。
	等了十分鐘左右，首相從二樓走了下來。

上述句子不用丁寧語副詞也是通的，但考慮到與句子的前後關係，使用後整體尊敬程度才會一致。

🍁 丁寧語動詞篇

ござる

有、在

是ある的丁寧語，比ある更加鄭重、尊敬對方。

・做獨立動詞用，相當於中文的「有」、「在」。

1	電話はこちらにございます。 電話在這邊。
2	何か御用がございましたら、そのベルをお押しください。 有事情的話，請按那個電鈴。
3	お怪我はございませんでしたか。 沒有受傷吧！
4	長いこと、お邪魔いたしました。申しわけございません。 打擾您半天，很對不起。
5	時間がございませんので、簡単にお話しいたします。 因為沒有時間，我簡單地講一講。

・做補助動詞～でございます用，與です、である的意思、用法基本相同。

※ 請參 P.109。

1	右手に見えますのは東大の赤門でございます。 在右手邊看到的是東大的紅門。

2 本州は日本の一番大きい島でございます。

本州是日本最大的島嶼。

3 京都はなかなか静かでございます。

京都非常寧靜。

4 景色もいいし、交通もなかなか便利でございます。

風景優美，交通也很便利。

但接在形容詞、希望助動詞連用形下面時連用形語尾く、しく分別音便為う、しう。其中しう讀做しゅう，再在下面接ございます表示鄭重且尊敬對方。

但接否定形～ございません時，形容詞、希望助動詞連用形く下面則不須音便。

肯定形

寒いです→寒くございます→寒うございます

美しいです→美しくございます→美しゅうございます

行きたいです→行きたくございます→行きたうございます→行きとうございます

1 お早うございます。

早安！

2 今日は朝からお暑うございますね。

今天從早上就很熱啊！

128

3 いつでもよろしゅうございます。
什麼時候都可以。

4 ありがとうございました。
謝謝您了。

5 私も日本へ留学にまいりとうございます。
我也想到日本去留學。

否定形

寒くない→寒くありません→寒くございません
美しくない→美しくありません→美しくございません
行きたくない→行きたくありません→行きたくございません

1 学校は遠くございません。
學校不遠。

2 いい品でございますが、それほど高くございません。
這是好東西，但不算貴。

3 そんな寒いところへは行きたくございません。
那麼冷的地方我不想去。

須注意的是，若主語是尊長、上級或來的客人，述語部分無論是名詞＋です還是形容動詞＋です都不能用～でございます來代替です、である，這時則要用尊敬語～でいらっしゃる。

1 失礼ですが、東京大学の野村教授でいらっしゃいますか。

不好意思，您是東京大學的野村教授嗎？

2 おじいさんはなかなかお達者でいらっしゃいますね。

老爺爺很健康啊！

おる

有、在

除了做謙讓語使用外，還可以做いる的丁寧語來用。

- 作為獨立動詞來用與いる的意思、用法相同，只是語氣更加鄭重，表示對聽話者的尊敬。相當於中文的「有」、「在」。

1 宿舎には誰もおりません。

宿舍裡沒人。

2 池の中には金魚がおります。

池塘裡有金魚。

3 上野動物園には珍しい動物が沢山おります。

上野動物園裡有許多珍奇的動物。

・作為補助動詞〜ておる來用，與〜ている的意思相同，只是語
氣更加鄭重。相當於中文的「正在」、「在」。

1 金魚は池の中で泳いでおります。

金魚在水池裡游著。

2 ひばりは空を飛びながら鳴いております。

雲雀在天空中一邊飛舞一邊鳴叫。

3 鹿は公園の中を自由に行ったり来たりしております。

鹿在公園裡自由地走來走去。

いたす

做

除了做謙讓語動詞使用外，還可以做する的丁寧語。語氣鄭重，
對聽話者較尊敬。

1	国会は昨日で終了いたしました。 國會昨天結束了。
2	その問題はもう解決いたしました。 那個問題已經解決了。
3	そういたしますと、一ヶ月ぐらいかかりますね。 那樣的話，需要一個月的時間。
4	二、三日いたしますと、病気が治りました。 過兩三天病就好了。

まいる

來、去

與来る、行く的意思相同，只是語氣更加鄭重，表示對聽話者的
尊敬。相當於中文的「來」、「去」。

・ 做獨立動詞用與来る、行く的意思相同，相當於中文的「來」、
「去」。

1	お待たせいたしました。お車がまいりました。 讓您久等了。車子來了。

2　李さん、日本の友人からのお手紙がまいりました。

李先生，日本的朋友來信了。

・做補助動詞用～てまいる，與～てくる、～ていく的意思、用法相同。相當於中文的「……起來」、「……下去」。

1　日一日と暖かくなってまいりました。

天氣一天比一天暖和。

2　北へ行くにつれて寒くなってまいります。

愈往北走天氣愈冷。

3　汽車はだんだん込んでまいりましたから、窓を少しおあけください。

火車裡人漸漸多了，請把窗子稍稍打開一點！

4　雨が降ってまいりましたから、はやく帰りましょう。

下起雨來了，快回去吧！

5　風船はだんだん大きくなってまいりました。

氣球漸漸大了起來。

申す
もう

說、叫

除了做謙讓語使用外，還可以做言う的丁寧語來用。相當於中文
的「說」、「叫」等。

1
その寺は清水寺と申します。
てら　きよみずてら　もう

那個寺院叫清水寺。

2
日光には陽明門と申します名高いご門がございます。
にっこう　ようめいもん　もう　なだか　もん

在日光有一個有名的門叫陽明門。

3
これは申すまでもないことです。
もう

這是不言而喻的。

4
私は近いところはなるべく乗り物に乗らずに歩くことに
わたし　ちか　の　もの　の　ある
しております。と申しますのは、この頃運動不足で、ど
もう　ごろうんどうぶそく
うも体の調子がよくございません。
からだちょうし

我到附近去儘量不坐車而是走路去。之所以這樣做，是因為
這陣子運動量不足，身體有些不好的緣故。

亡くなる

死、死去

死ぬ的丁寧語，相當於中文的「死」、「死去」。

1
父は私が八歳のときに亡くなりました。

父親在我八歲的時候去世了。

2
祖父はこの前の大戦で亡くなりました。

爺爺在上次的大戰中去世了。

3
最近癌で亡くなる人が大変増えております。

最近因癌症去世的人大大增加了。

4
心臓病で亡くなる人も少なくございません。

因心臟病去世的人也不少。

memo

四｜尊敬語、謙讓語、
丁寧語總結對照

四、 尊敬語、謙讓語、丁寧語總結對照

　　從上述三章可以知道，有的動詞的說法既有尊敬語、謙讓語、丁寧語，有的動詞卻只有其中一或二；還有的動詞既可以當謙讓語也可以當丁寧語來用。下面將逐一說明過的敬語動詞以表格的形式對照呈現供讀者參考。

敬語動詞對照表				
一般動詞	尊敬語	謙讓語	丁寧語	中譯
いる	いらっしゃる お出でになる	おる	おる	有、在
ある	／	／	ござる	有、在
行く	いらっしゃる お出でになる	まいる あがる	まいる	去
来る	いらっしゃる お出でになる 見える お越しになる	まいる あがる	まいる	來
する	なさる あそばす	いたす	いたす	做
言う 話す	おっしゃる	申す 申し上げる	申す	說、 講、叫

食_たべる 飲_のむ	あがる 召_めし上_あがる	いただく 頂戴_{ちょうだい}する	／	吃、喝
着_きる	召_めす	／	／	穿
くれる	くださる	／	／	給（我）
見_みる	ご覧_{らん}になる	拝見_{はいけん}する	／	看
見_みせる	／	お目_めに掛_かける ご覧_{らん}に入_いれる	／	給（你） 看
聞_きく	／	伺_{うかが}う 承_{うけたまわ}る	／	聽
知_しる	ご存_{ぞん}じです	存_{ぞん}じる 存_{ぞん}じあげる	／	知道
思_{おも}う	／	存_{ぞん}じる 存_{ぞん}じあげる	／	想
会_あう	／	お目_めにかかる	／	見（你）
訪_{たず}ねる 訪問_{ほうもん}する	／	伺_{うかが}う 上_あがる	／	拜訪
やる	／	差_さしあげる 進呈_{しんてい}する	／	給（你）
もらう	／	いただく 頂戴_{ちょうだい}する	／	要、領

わかる	／	承知する かしこまる	／	知道、 曉得
死ぬ	亡くなられる	／	亡くなる	過世、 去世

謙讓語動詞 V.S 丁寧語動詞

從上面對照表中可以看到，有些動詞既是謙讓語動詞也是丁寧語動詞，那什麼情況下是謙讓語動詞、什麼情況下是丁寧語動詞呢？兩者有什麼區別？簡單地說，謙讓語動詞表示的是自己和自己這方的人的動作、行為，所以主語也多是自己或自己這方的人；而丁寧語動詞則表示和自己無關，同時和對方、上級、長輩無關的一般人的動作、行為，或者表示客觀事物的存在、動作，主語是和自己以及對方、上級、長輩等人無關的一般人或客觀事物。

1　「主人はおりませんが、どなた様でしょう。」（謙讓語）

「我丈夫不在家，您是哪一位？」

→講自己丈夫 (自己這方的人) 不在，因此おりません是謙讓語動詞

2　登山者が多く、老人もおりますし、子供もおります。（丁寧語）

爬山的人很多，既有老人也有小孩。

→講登山的人中有老人也有小孩，這些人和自己、對方、長輩都無關，因此おる是丁寧語動詞

3　その動物園には珍しいパンダがおります。（丁寧語）
　　那個動物園有珍奇的熊貓。

→講有熊貓是客觀事物，因此おる是丁寧語動詞

4　お荷物を運んでまいりました。（謙讓語）
　　我已經將行李搬來了。

→主語是「我」，因此這裡的まいる是謙讓語動詞

5　デモ隊は国会議事堂のほうに進んでまいりました。（丁寧語）
　　示威群眾向國會議事堂方向走去了。

→主語是示威隊伍，和講話者自己、對方、長輩都沒有關係，因此這個句子裡的まいる是丁寧語動詞

6　だんだん寒くなってまいりました。（丁寧語）
　　漸漸冷起來了。

→講氣候（客觀事物），因此這裡的まいる是丁寧語

7　あとで電話でご連絡いたします。（謙讓語）
　　隨後用電話和您聯繫。

→自己做「聯繫」的動作，謙讓語慣用型ご～いたす表尊敬對方

二、三十人もの人がそのパーティに参加いたしました。
（丁寧語）

8

有二、三十個人參加了那個派對。

→主語是二、三十個和自己沒關係的一般人，因此いたす是代替する的丁寧語

一 九 四 五年戦争が終了いたしまして、祖父はソロ

9 モン島から帰ってきました。（丁寧語）

一九四五年戦争結束後，爺爺從索羅門群島回到日本來了。

→主語是戦争 (客觀情況)，所以這裡的いたす是丁寧語

五 | 敬語運用篇

五、 敬語運用篇

上面幾章說明了敬語的表現形式，也簡單地提到在什麼情況下該使用尊敬語或謙讓語，但敬語的使用情況非常複雜，在這一章中將按照不同場合做進一步的探討。

🍁 使用敬語的場合

一、 對上級、尊長

1　直接和上級、長輩談話時，一律要用丁寧語。在講到對方的事物、動作、行為時，用尊敬語；講到自己或自己這方人的事物、動作、行為時，則用謙讓語。

① おじさんはいつお立ちになりますか。

叔叔什麼時候出發？

② いかにも部長さんのおっしゃった通りだと存じます。

我認為的確像部長所說的那樣。

上述兩個句子都是對長輩、上級講的話，所以都用了丁寧語。

句①：和叔叔談話，對叔叔的動作 (出發) 用尊敬語お立ちになる。

句②：一般職員和部長講話，講到部長的動作 (說) 用尊敬語おっしゃる，講到自己認為則用謙讓語存じる。

2 | 聽話者是自己這方的人，並不是上級、長輩，然而在對話中提到上級、長輩時，一般仍多用尊敬語。

① お父さんはお出掛けになったのですか。

岳父外出了嗎？

② 社長さんがもうご出張からお帰りになったそうです。

聽說社長出差已經回來了。

句①：丈夫問妻子岳父是否外出，一般丈夫和妻子講話不用敬語，但這句話是問長輩（岳父），因此用了尊敬語お出掛けになる。

句②：公司職員之間講社長已經回來了，因為講到的社長是談話雙方的上級，因此用了尊敬語社長さん、お帰りになった。

3 | 聽話者為外人 (非己方) 時，儘管在對話裡提到自己的上級、長輩，講到他們的事物、動作、行為也不應該用尊敬語，相反的要用謙讓語。

① 父は先生にお目にかかりたいと申しました。

我的父親說想見一見老師。

② うちの課長は北九州へまいりました。

我們的課長到北九州去了。

句①：學生向老師講自己的父親想見一見老師，父親雖是自己的長輩，但對屬於外人的老師說時，父親的動作不適合用尊敬語而要用謙讓語。

句②：甲公司的職員向乙公司的工作人員講自己公司的課長到北九州去了，課長雖是自己的上級，但相較於外人課長算是己方人，所以要用謙讓語まいる表達對對方的尊敬。

二、	**對客人、陌生人**
1	商店的售貨員、旅館的服務人員，以及導遊對顧客、旅客、遊客等，不論這些客人年齡大小、身分如何，都要用敬語。即對客人的事物、行動用尊敬語，對自己用謙讓語。

①
奥さん、こちらをお試しになってください。

太太！請試試這個！

②
ご用がございましたら、このベルをお押しください。

有事情的話，請按這個電鈴。

③
後の方、お急ぎになってください。

後面的人，請走快一點！

④
忘れ物なさらないように、お願いいたします。

請不要忘了隨身物品！

句①：商店的售貨員對顧客講的話，因此用尊敬語お試しになってください。

句②：旅館服務員向住宿的旅客講的話，因而用了丁寧語ご用、ござる，同時也用了尊敬語お押しください。

句③：導遊向遊客講的話，用尊敬語お急ぎになってください。

句④：火車乘務員向乘客講的話，用尊敬語忘れ物なさらないように。

2	公司的職員對來訪的客人，不論客人的年齡大小、身分高低，都要使用敬語。也就是對客人的動作、行為用尊敬語，向客人講公司裡的人的行為用謙讓語。

①
申しわけございませんが、部長はただいま席をはずしております。

很對不起！部長現在不在。

② こちらで少々お待ちになってください。社長がすぐまいりますから。

請在這裡稍等一下，社長很快就來！

両句皆是某一公司職員向來訪的客人講的話。

句①：來訪公司的客人是外來的人，部長是職員自己這方的人，因此用謙讓語席をはずしております和丁寧語申しわけございません。

句②：請客人稍等一下時用尊敬語お待ちになってください，講到社長時則用謙讓語まいります。

---

3 雖不是售貨員、服務員、公司職員，但若擔任接待人員、接待日本朋友時，一般也要用敬語。

① ようこそ、いらっしゃいました。三四時間の飛行機でずいぶんお疲れになったでしょう。

歡迎大家的到來！坐了三、四個小時的飛機很累了吧！

---

② はじめまして、よろしくお願いします。私は李と申します。OO貿易会社の外事係でございます。

初次見面，請多多指教。我姓李，是OO貿易公司的外事股長。

両句皆是我國外事工作人員接待日本客人時講的話。

句①：在機場歡迎日本客人，講客人的行為動作都用尊敬語いらっしゃいました、お疲れになったでしょう。

句②：自我介紹時對自己的動作都使用謙讓語お願いします、申します，以及丁寧語でございます。

有求於人或表示道歉、感謝

1	有求於人時，除了關係比較親密的人以外，不論對方年齡大小、男女老幼，一般都要使用敬語。

① ちょっとお尋^{たず}ねいたします。この近所^{きんじょ}には郵便局^{ゆうびんきょく}がございませんか。

請問一下，這附近有郵局嗎？

② すみませんが、ちょっとお願^{ねが}いしたいことがあるのですが。

對不起，我有點事想拜託您。

③ どうぞよいお知恵^{ちえ}をお貸^かしくださるようお願^{ねが}い申^{もう}し上^あげます。

請您幫我出個好主意。

句①：即使被問路的是年齡不大的人，但如果說「ちょっと、この近所^{きんじょ}には郵便局^{ゆうびん}^{きょく}があるかね」（那個，這附近有郵局嗎？）是很不禮貌的行為，因此用謙讓語お尋^{たず}ねいたします和丁寧語ございませんか。

句②、③：求人幫忙故使用尊敬語お知恵^{ちえ}、お貸^かしくださる，也用了謙讓語お願^{ねが}いしたいこと、お願^{ねが}い申^{もう}し上^あげます。

2	向對方道歉時，也要用敬語。分別用尊敬語或謙讓語。

① 昨日^{さくじつ}はわざわざお越^こしいただきましてあいにく不在^{ふざい}にして失礼^{しつれい}いたしました。

昨天您特地來了一趟，不巧我不在，真是對不起。

② 大変勝手で申しわけありませんが、用事がありますので、帰らせていただきます。

給您造成不便實在抱歉，因為我有點事情，所以我這就先回去了。

上述兩個句子都是表示道歉的，因此聽話者即使是同級、同年齡的人，一般也要用敬語來講。

句①：お越しいただきまして是謙讓語，其中的越す則是尊敬語，自己道歉則用謙讓語失礼いたしました。

句②：用了謙讓語的請讓我回去帰らせていただきます。

3 向對方道謝時，一般也要用丁寧語。如果是一個較長的句子，則分別要用尊敬語、謙讓語。

① この度結構な品をお贈りいただきましてまことにありがとうございました。

這次蒙您餽贈佳品，真謝謝您了。

② この席をお借りして、日頃にお世話になっておりますかたがたに、心からお礼申し上げます。

藉此機會向平時承蒙關照的各位，致以衷心的感謝。

句①：向餽贈禮品的人表示感謝，對餽贈這一動作用了お贈りいただきまして，表示我接受了您的贈送。

句②：向關心、幫助自己的人們表示感謝，對關心、幫助自己的人的動作用了尊敬語お世話になって，而自己的動作則用了謙讓語お借りして、お礼申し上げます。

記者招待會、歡迎會、告別會、商業往來、外貿談判……等鄭重
場合無論談到對方還是自己,都要用敬語。

①
ただいま総理大臣の記者会見を行います。始めは総理
より簡単なご発言をいただきまして、引き続き質疑応
答に移させていただきます。

現在舉行記者招待會,首先請總理做簡單的發言,接著進
行問答。

②
ここに私は本社職員を代表いたしまして深く感謝の意
を表する次第でございます。

在這裡我代表敝公司職員表示深深的感謝。

③
大体のことは岩村先生からお聞きしました。しかし具
体的な商談になりますと、やはり思うようには捗りま
せん、ちょうど皆さんが来られましたから、この機会
にいろいろ意見を交わしたいと思っております。

大致情況岩村老師已經介紹過了,但具體談起來還有些問
題。這次你們幾位來了,我想正好利用這個機會好好交換
一下意見。

④ 滞在中皆さまには本当にご親切にしていただいてありがとうございました。特に商談中に貴社からの特別なご配慮により輸出商品を円滑に出すことができ、お礼を申しあげなければなりません。今後ともいろいろよろしくお願いいたします。

這段期間，得到你們親切的關懷，在此表示衷心感謝。特別是商談過程中，由於貴公司的特殊照顧，我們商品的外銷得以順利進行，真的非常感謝。今後還請多多關照！

句①：記者招待會的主持人在發言中為了尊敬總理大臣，用了謙讓語ご発言をいただきまして、質疑応答に移させていただきます。

句②：職員代表公司發言，用丁寧語代表いたしまして、〜次第でございます。

句③：我國外貿人員對日本商人講到自己的行為時用謙讓語お聞きしました、思っております，對對方的行為用尊敬語来られました表尊敬。

句④：日本商人致謝時在發言中使用了較多的敬語，尊敬語ご親切、貴社、ご配慮，謙讓語していただいて、お礼を申しあげなければなりません、よろしくお願いいたします。

🍁 寒暄用語

一、	每天見面時的寒暄用語

1	おはようございます おはよう 早安！

早上（大致在十點以前）見面時的寒暄用語。おはよう比較簡單，只用在同學、同一級別的同事之間，不能用於長輩、上級。おはようございます比較規矩、鄭重，可以用於長輩、上級，也可以用於同輩之間。

▶ 先生、おはようございます。

老師早安！

▶ みなさん、おはよう。

同學們早安！

2	こんにちは 你好！

白天見面時的寒暄用語，對同級、同輩、上級、長輩都可以使用。

▶ こんにちは。お出掛けですか。

您好！您要外出嗎？

▶ こんにちは。いらっしゃいませ。

您好！歡迎您來！

3 **こんばんは**

晩安！

晚上見面時的寒暄用語，上下級之間、長晚輩之間都可以使用。

▶ こんばんは、内山先生はいらっしゃいますか。

晚安！請問內山老師在家嗎？

二、 分別時的寒暄用語

1 **さようなら**

再見

一般分別時皆可使用。

2 **またあした**

明天見

有時用さようなら顯得不夠或不夠貼切，下班和同事道別時也可以講では、またあした（明天見！）。

3 **失礼いたします**

打擾了，告辭

拜訪完朋友家告別時可以用。

4	（其他）

① 到車站送客人出外旅行時也可以說：

▶ さようなら、お元気で。

再見！祝您健康！

▶ さようなら、ご無事で。

再見！祝您平安！

▶ さようなら、ご機嫌よう。

再見！請保重！

② 如果夜間訪問結束，客人向主人告別時若臨近睡覺時間，可以用お休みなさい（您休息吧！）。若還沒到睡覺時間，可以用ご機嫌よう（祝您晚上好！）、では、失礼いたします（那麼我先失陪了！）。

③ 年輕人之間則常使用バイバイ來表示再見，但向上級、長輩則不好這麼用，會顯得很輕浮、滑稽。

三、 街頭見面時的寒暄用語

1 對經常見面的人可以講おはよう、こんにちは以外，表示自己對對方關心的句子。

問

▶ お出掛けですか。

外出嗎？

▶ お買い物ですか。

去買東西嗎？

▶ お散歩ですか。

散步嗎？

答

▶ ええ、ちょっと。

是啊！

▶ ええ、ちょっと、そこまで。

是啊！走一走！

2 　還可以聊一些和天氣、氣候有關的話題，這時使用的語言只能是丁寧語。

▶ ずいぶん暖かくなりましたね。

天氣暖和起來了呢。

▶ だんだん暑くなりましたね。

天氣漸漸熱起來了呢。

▶ ずいぶん涼しくなりましたね。

天氣變涼快了呢。

▶ お寒うございますね。

真冷啊！

▶ いい天気ですね。

天氣真好啊！

▶ この頃よく降りますね。

最近常下雨呢！

3 在街頭遇到了前幾天才見過的人。

▶ この間、どうも失礼いたしました。

前幾天，太讓您費心了！

▶ この間、どうも。

前些天謝謝您了。

▶ いいえ、こちらこそ。

哪裡哪裡，我才是呢。

4 在街頭遇見了不常見的人。

▶ 久しぶりでした。（お変わりありませんか）

好久不見了。（您好嗎？）

▶ 暫くでした。お元気ですか。

有段時間沒見了，您好嗎？

156

四、	有求於人時的說法

1	**すみませんが** 不好意思

尊敬對方的程度較低，對一般人可以使用。

▶ すみませんが、ちょっとお尋ねします。この近所には
郵便局がありますか。

不好意思！請問一下，這附近有郵局嗎？

▶ すみませんが、一 三 二番をお願いします。

不好意思！我要找一百三十二號！

2	**失礼ですが** 對不起

尊敬的程度稍高於すみませんが，可以用於和上級、長輩或客人
的講話中。

▶ 失礼ですが、日本の松下代表団の皆さまでいらっしゃ
いますか。

對不起！諸位是日本松下代表團的人員嗎？

▶ 失礼ですが、ここにお名前を書いてくださいませんか。

對不起！請在這裡寫上名字。

	恐れ入りますが
3	很抱歉

尊敬程度高於前兩者，可用於長輩、上級或客人。

▶ 恐れ入りますが、どなたさまでいらっしゃいますか。

很抱歉！您是哪一位？

▶ 恐れ入りますが、もう一度おっしゃっていただけませんか。

很抱歉！能否請您再說一遍？

五、 表示感謝的用語

	ありがとう
1	謝謝！

尊敬程度最低，一般只用於上級、長輩對下級、晚輩，或同級、同輩人之間。

▶ A：「忙しいのに見送り、ありがとう。」

「這麼忙還來送我，謝囉。」

B：「どういたしまして、じゃ、お元気で。」

「哪裡的話，那麼，保重啊！」

A：「うん、ありがとう。」

「嗯，謝謝！」

2	**ありがとうございます**
	謝謝！

也可以說語氣更強一些的ありがとうございました，兩者都比ありがとう的尊敬程度高，對同級、同輩人、上級、長輩、客人和顧客都可以用。

▶ 　大変お世話になりましてありがとうございました。

　　受到您的關照，謝謝您了！

3	**恐れ入ります**
	擔當不起、謝謝

當對方為自己做了某種事情，自己表示擔當不起、向對方致謝時使用。尊敬程度高於ありがとうございました。

▶ 　どうもご迷惑をかけまして恐れ入ります。

　　實在給您添麻煩了，謝謝您了。

▶ 　ご招待いただき、恐れ入ります。

　　承蒙您招待，非常感謝！

4	**お礼申しあげます** れいもう
	謝謝、感謝

比恐れ入ります更加鄭重，尊敬對方的程度更高。多用於開會的
致詞或書信中。

▶ 昨年中いろいろお世話になりましてあつくお礼申しあ
げます。

去年受到您多方關照，謝謝您了！

▶ ご迷惑をおかけしましたことを深くお詫びし、心から
お礼申しあげます。

給您添了麻煩深表歉意，並致以衷心的感謝！

六、 表示道歉的用語

1	**すみません** **ご免なさい** めん
	對不起

尊敬程度較低，只用於同級、一般人之間，不適用於上級、長輩。

▶ ご迷惑をかけましてすみません。

給您添麻煩了，很對不起！

▶ ご免なさい。痛かったでしょう。

對不起！很疼吧！

2

失礼_{しつれい}しました
失礼_{しつれい}いたしました

對不起

尊敬程度高於すみません、ご免_{めん}なさい。其中失礼_{しつれい}いたしました
可用於上級、長輩，尊敬程度高於失礼_{しつれい}しました。

▶　どうも遅_{おそ}くなって失礼_{しつれい}いたしました。

　　這麼晚才到，很對不起。

▶　何_{なん}のお構_{かま}いもできず、失礼_{しつれい}いたしました。

　　招待得不好，很對不起。

3

申_{もう}しわけありません（申_{もう}しわけございません）
恐_{おそ}れ入_いります

很對不起、很抱歉

尊敬的程度高於前四種說法。可用於上級、長輩。

▶　長_{なが}らくご無沙汰_{ぶさた}いたしまして申_{もう}しわけございません。

　　久疏問候，很對不起。

▶　夜遅_{よるおそ}くまでお騒_{さわ}がせして申_{もう}しわけありません。

　　打擾您到這麼晚，很對不起。

▶　恐_{おそ}れ入_いりますが、もう一度_{いちど}おっしゃっていただけませ
　　んか。

　　很對不起，可以再講一遍嗎？

4	お詫び申しあげます お詫びいたします
	表示抱歉、表示歉意

尊敬的程度高於前面六種說法。其中お詫び申しあげます又高於お詫びいたします。兩者多用於書信，都含有對不起對方，請求對方原諒、寬恕的意思。

▶ 長らくご無沙汰いたしまして心からお詫び申しあげます。

久疏問候，深表歉意！

▶ ご迷惑をおかけしましたことを深くお詫びいたします。

給您添了麻煩，很抱歉！

七、　讓對方久候，表示歉意的說法

1

お待ち遠さまでした

您久等了

也可以說成お待ち遠さまでございました。在這之中尊敬的程度最低，除了一般的同級、同輩人之間使用外，商店的售貨員常用。

▶　「お待ち遠さまでございました。千円のおつりです。」

「讓您久等了！這是找您的一千日圓。」

▶　A：「お待ち遠さまでした。」

「您久等了。」

B：「いいえ、どういたしまして。」

「哪裡，哪裡的話。」

2

お待たせしました

讓您久等了

也可以用お待たせいたしました，尊敬的程度高於お待ち遠さまでした。除了一般人使用外，日本的餐廳、飯館的服務員來送餐點時，多用這種說法。

▶　「お待たせしました。こちらへどうぞ。」

「讓您久等了，請到這邊來！」

▶　「お待たせいたしました。ごゆっくり、どうぞ。」

「讓您久等了，請慢用。」

八、 在對方辛苦工作後表示慰問的用語

1 ご苦労さまでした

辛苦了

也可以簡化為ご苦労さん、ご苦労さま。尊敬的程度較低，簡化的後兩者比ご苦労さまでした更低。三者都是丁寧語，是上級、長輩慰問下級、晚輩時的用語。

▶ 皆さん、ご苦労さま。ひと休みしてください。

大家辛苦了，休息一下吧。

▶ 昨夜また残業しましたね。ご苦労さまでした。

昨晚你又加班了啊！辛苦了。

2 お疲れさまでした

辛苦了

也可以簡化為お疲れさん、お疲れさま。當對方做了某種工作，或進行長途旅行、相當勞累時，可以使用這一用語向對方表示慰問。也多是上級、長輩對下級、晚輩的用語。

▶ 今日の試合ではお疲れさまでした。

今天的比賽，你們辛苦了！

▶ 八時間の汽車でお疲れさまでした。

坐八個小時的火車，辛苦了！

お疲（つか）れでした

3 お疲（つか）れになりました

很累了吧！

お疲れでした是由尊敬語慣用型お＋動詞連用形＋です轉化而來的用語；お疲（つか）れになりました是由尊敬語慣用型お＋動詞連用形＋になる構成的。兩者都是尊敬語，故尊敬的程度較高，下級、晚輩對上級、長輩也可以使用。

▶ 先生（せんせい）は六時間（ろくじかん）の汽車（きしゃ）でお疲（つか）れになったでしょう。

老師坐了六個小時的火車，很累了吧！

▶ 会議（かいぎ）は三時間（さんじかん）も続（つづ）きましたから、お疲（つか）れでしたでしょう。

會議進行了三個小時，很累了吧！

九、 | 請求對方關照的用語

よろしくお願(ねが)いします
よろしくお願(ねが)いいたします
よろしくお願(ねが)い申(もう)し上(あ)げます

請多關照

以上三句尊敬程度由低至高排列。有時也簡化為よろしく，但對人顯得簡慢一些，只可上級、長輩對下級、晚輩講。包含請多幫助、多照顧的意思，但也作為見面的寒暄用語來用，此時無特別意思。

▶ A：（名刺(めいし)を渡(わた)して）「こういう者(もの)でございます。どうぞよろしく。」

（把名片交給對方）「這是我的名字，請多關照。」

B：「こちらこそ、よろしく。」

「我才是要請您多關照。」

▶ はじめて東京(とうきょう)にまいりました。よろしくお願(ねが)いいたします。

我初次來到東京，請多關照！

十、 | 寒暄用語中萬能的「どうも」

どうも是副詞，意思是「實在」、「真是」，既沒有問候的意思也不是敬語，但它作為寒暄用語修飾後面的句子則成了必不可少的副詞。有時省略了所修飾的部分單獨使用，代替了各種意思。可根據情況適當地譯成中文。

路上久未見面的熟人

▶ やあ、どうもご無沙汰しておりました。お元気ですか。

啊！好久不見了，你好嗎？

▶ やあ、どうも。

好久不見了。

表示告別

▶ じゃ、どうも、お先に失礼いたします。

很對不起，我先走一步。

▶ じゃ、どうも。

那再見了。

表示感謝

▶ まあ、どうもありがとうございました。

哎呀！真謝謝您啊！

▶ この間どうも。

前些天的事，謝謝你了。

表示道歉

▶ やあ、どうも申(もう)しわけございません。

哎呀！真對不起啊！

▶ やあ、どうも。

很對不起。

表示謝絕

▶ それはどうも、私(わたし)にはいたしかねます。

那件事，我辦不到的。

▶ それはどうも。

那很不好辦。

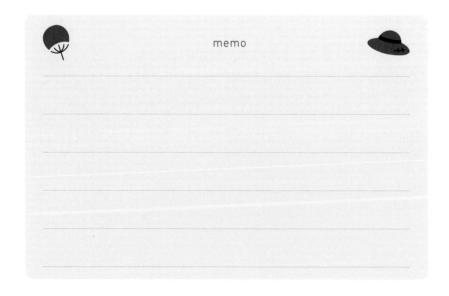

memo

168

🍁 情境對話篇

一、 訪問用的敬語

黃先生是在日本留學的台灣研究生，他一個人到佐藤老師家訪問。
首先出來接待他的，是佐藤老師的夫人，然後一起進到房間裡。
下面是在佐藤老師家門前和客廳的談話。

—玄関の前で／在門前—

黃：
ご免ください。黃と申しますが、佐藤先生のお宅で
ございますね。

對不起，我姓黃，這裡是佐藤老師的家嗎？

佐藤夫人：
はい、さようでございます。先ほどお電話をいただ
いた黃さんですね。

是的，是佐藤家。你是剛才打電話來的黃先生吧！

黃：
はい、佐藤先生はご在宅でいらっしゃいますか。

是的，請問佐藤老師在嗎？

佐藤夫人：
はい、おります。どうぞ、お上がりください。

是的，在家。請進來吧！

黃：
それでは失礼いたします。

那我就打擾了。

—客間で／在客廳裡—

佐藤夫人：
（お茶とお菓子を出して）どうぞ、おあがりください。

（拿出茶和點心）請吧！請用吧！

黄：
どうぞ、お構いなく。

請不要張羅了。

佐藤先生：
（佐藤先生が出て来て）黄さんですか。よくいらっしゃいました。

（佐藤老師走出來）黄先生嗎！歡迎你來啊！

黄：
お忙しいところをお邪魔いたしまして申しわけございません。

在您百忙之中來打攪，很對不起！

佐藤先生：
いいえ、どういたしまして。

哪裡，哪兒的話呢！

黄：
先生、ちょっとお聞きしたいことがございますが、いま伺ってもよろしいでしょうか。

老師！我有些事想請教您，現在可以問嗎？

佐藤先生：
ええ、いいですとも。

好啊，沒問題。

170

黄：
先生は日本の敬語について研究していらっしゃるそうですが、日本の敬語についてちょっとお伺いしたいのですが。

聽說老師在研究日本的敬語，我想問一下有關日本敬語的問題。

佐藤先生：
どんなことですか。

是什麼問題呢？

黄：
日本の敬語の歴史についてすこし勉強いたしたいのですが。

我想研究一下日本敬語的歷史。

佐藤先生：
そうですか。それなら、敬語の歴史についての本を二、三冊貸してあげましょう。

是嗎？那樣的話，我借給你兩、三本有關敬語的歷史的書吧！

黄：
それではお借りいたします。

那麼我就借了！

佐藤先生：
どうぞ、ゆっくり読んで勉強してください。

那麼你就慢慢看，學習一下吧！

黄：
はい、ありがとうございました。

是，謝謝您。

黄：
どうもお邪魔いたしまして申しわけございません。

打攪老師了，很對不起！

佐藤先生：	いいえ、どういたしまして。
	不會，不客氣。
黄：	では、これで失礼いたします。
	那麼我就告辭了。
佐藤先生：	じゃ、時々遊びにいらっしゃい。さようなら。
	請你時常來玩！再見！
黄：	さようなら。
	再見！

黄先生是佐藤老師的學生，因此對佐藤老師、佐藤夫人講的話都使用了尊敬語，
而對自己的行為則用了謙讓語。佐藤夫人在接待黄先生時，為了表示客氣也用了
一些尊敬語和謙讓語，同時也用了女性經常使用的丁寧語。佐藤老師由於是對學
生講話，因此多用一般語言。

二、　接待來訪客人用的敬語

內山先生有事到田中商社去找田中社長。在接待處工作的是一位
女事務員，她把內山先生接到了裡面，在接待室裡內山先生見到
了田中社長。

　　　　　　　—受付で／在接待櫃檯—

受付係：	（立って）いらっしゃいませ。
	（站起來）歡迎！
內山：	あのう、田中社長にお目にかかりたいのですが。
	我想見田中社長。

受付係：
失礼ですが、どなたさまでいらっしゃいますか。

很抱歉，您是哪一位？

内山：
内山と申します。

我姓内山。

受付係：
内山様でいらっしゃいますね。恐れ入りますが、少々お待ちください。（電話をかけて）

内山先生啊！不好意思，請稍候一下。（打電話）

受付係：
大変申しわけございませんが、社長はいま部屋におりません。

非常抱歉，社長現在不在辦公室裡。

内山：
そうですか。

這樣啊。

受付係：
でも、十分ぐらいで帰ってくるそうです。

不過，據說十分鐘後就會回來。

内山：
そうですか。それではしばらくお待ちしましょう。

這樣啊。那我等一會兒吧。

受付係：
それでは、応接室までご案内いたしましょう。

那麼我帶您到接待室去吧！

内山：
恐れ入ります。

那就勞駕了。

受付係（うけつけがかり）:	こちらへどうぞ。社長（しゃちょう）がすぐまいると思（おも）いますので、少々（しょうしょう）お待（ま）ちくださいませ。 請到這邊來吧。社長很快就回來，請稍候！

―応接室（おうせつしつ）で／在接待室―

事務員（じむいん）:	あっ、社長（しゃちょう）、内山様（うちやまさま）とおっしゃる方（かた）が応接室（おうせつしつ）で待（ま）っていらっしゃいます。 啊，社長！有一位內山先生在接待室等著。
田中（たなか）:	あっ、そうですか。 啊，是嗎？
田中（たなか）:	（入（はい）ってきて）どうも大変（たいへん）お待（ま）たせいたしました。 （進來）讓您久等了！
内山（うちやま）:	いいえ、この間（あいだ）どうも。 哪裡的話，前些天讓您費心了。
田中（たなか）:	先日（せんじつ）は当社（とうしゃ）の販売部長（はんばいぶちょう）の小林（こばやし）がいろいろお世話（せわ）になりましてありがとうございました。 前些天，敝公司的銷售部長小林受了您的關照，謝謝您了。
内山（うちやま）:	いやいや、どういたしまして。 哪裡，哪裡的話。

內山先生作為客人來到田中商社。由於是客人，接待他的女事務員對內山先生使用了尊敬語，並且都是尊敬程度較高的尊敬語，如：どなたさまでいらっしゃいますか、お待ちください等；講自己的行為動作時則用謙讓語，如：ご案內いたしましょう等；但提到社長時由於是對客人講自己公司的社長，所以用謙讓語或一般話語，如稱社長為社長，而不稱呼為社長さん，對社長的行為也講おりません、すぐまいる等。

外國人學習日語時，往往認為社長是自己的上級應該用尊敬語，但是日文敬語內外有別，向外人（客人）講自己公司的社長不用尊敬語，這點值得注意。

三、 自我介紹及對話中用的敬語

在歡迎新入職員的大會上，新職員每位都做了自我介紹，並互相進行了簡單的交談。下面是兩個人的自我介紹，及他們之間的談話。

―自己紹介／自我介紹―

はじめまして。よろしくお願いいたします。吉田秋子と申します。東京のものでございます。慶応大学の文学部を卒業いたしました。この度入社できまして大変喜んでおります。これからは上司や先輩の方々のご指導をいただいて、うんとがんばっていきたいと存じております。

初次見面，請大家多多關照。我叫吉田秋子。東京人，畢業於慶應大學文學部。這次能進入公司工作，我感到非常高興。今後我想在上級和前輩的領導下加倍地努力工作。

175

鄭和平と申します。台湾の者でございます。明治大学の経済学部を出ましてすぐ本社に入社いたしました。趣味はスポーツで、野球選手をしたこともございます。この度入社いたしまして、皆さまと一緒にがんばっていくつもりでございます。では、皆さま、よろしく。

我叫鄭和平，是台灣人。從明治大學經濟系畢業以後，立即就進入了總公司。我的興趣是運動，曾經當過棒球選手。這次進入公司，我想和大家一起努力工作，希望大家多幫助。

上述前一段是吉田秋子小姐的介紹，由於是女性，因此使用了較多的謙讓語，並且尊敬的程度都較高，如：お願いいたします、喜んでおります、ご指導をいただいて、～と存じます等。

而後者是男性職員，在講話中只用了一些丁寧語，偶爾講一句謙讓語：鄭和平と申します，其他如：台湾の者でございます、入社いたしました、したこともございます、入社いたしまして等都是丁寧語。

另外吉田小姐由於是女性，講話比較規矩鄭重，同樣一句話よろしくお願いいたします身為男性的鄭先生只簡略地用了よろしく。

―吉田と鄭との雑談／吉田、鄭兩人的交談―

吉田：
鄭さんはいつごろ日本にいらっしゃったのですか。

鄭先生什麼時候來到日本的？

鄭：
四年前に日本に来ました。父は東京で仕事をしているものですから、台湾の高校を卒業いたしまして、すぐこちらへまいりました。

四年前來到日本的。家父在東京工作，因此我從台灣的高中畢業以後，就到日本來了。

吉田：

それでは、もう日本の生活をお慣れになりました
ね。

那麼您對日本的生活已經習慣了吧？

鄭：

まあ、大体慣れました。

還可以，大致習慣了。

吉田：

鄭さんは東京にお出でになってから、台湾にお帰り
になったことがございますか。

鄭先生來到東京以後，回過台灣嗎？

鄭：

ええ、毎年夏休みには必ず帰っております。台湾の
夏はとてもいいですから。

有啊，每年暑假一定要回去的。台灣的夏天很棒唷！

吉田：

そうですか、いずれに機会がございましたら、必ず
台湾へ旅行にまいりたいですね。

是嗎？有機會的話一定要到台灣去旅行。

鄭：

必ずいらっしゃってください。その時はわたしが
ご案内いたします。

您一定要來。您來的話，我給您做嚮導。

吉田：

その時はお願いします。

那麼屆時就拜託您了。

上述對談中吉田秋子是女性，因此不僅用了丁寧語，還用了尊敬語いらっしゃっ
たのですか、お慣れになりましたね、お出でになってから、お帰りになったこ
とがございますか等，和謙讓語まいりたい。

而鄭和平是男性，所以基本上多用丁寧語，只有某些地方用謙讓語如こちらへま
いりました。

從上述對話可得知，儘管兩人是平級的同事，但女性使用敬語較多，而男性則較
少。

memo

四、　宴會致詞及談話中用的敬語

在商業性的宴會上或同業的聚會上，往往會要求參加的客人講幾句話。雖是簡單的致詞，但若沒事先準備也容易手足無措。下面介紹台灣楊先生在日本商社的招待宴會上的致詞，以及他和這間商社的山下課長的談話，供讀者參考。

—歓迎会（かんげいかい）の席上（せきじょう）で／在歡迎會上—

山下課長（やましたかちょう）さん、ご紹介（しょうかい）ありがとうございました。ただいまご紹介（しょう）いただきました楊華（ようか）です。台湾東方紡績会社（たいわんとうほうぼうせきがいしゃ）の業務課長（ぎょうむかちょう）をしております。本日（ほんじつ）はこのような素晴（すば）らしい席（せき）にお招（まね）きいただきまして、誠（まこと）にありがとうございました。当社（とうしゃ）を代表（だいひょう）いたしましてひとことご挨拶（あいさつ）を申（もう）し上（あ）げたいと思（おも）います。ただ、残念（ざんねん）ですが、私（わたし）は日本語（にほんご）が得意（とくい）ではありません。十分（じゅうぶん）に私（わたし）の言（い）いたいことを言（い）い表（あらわ）すことができないかもしれません。

ですから、皆（みな）さまにお許（ゆる）しいただきたいと存（ぞん）じます。

とにかく、今回（こんかい）ご挨拶（あいさつ）の機会（きかい）を与（あた）えていただきましてありがとうございました。

承蒙山下課長做了介紹，謝謝。我是剛才山下課長介紹的楊華，是台灣東方紡織公司的業務課長。今天承蒙貴公司招待，有幸參加這樣的盛會，我深深表示感謝。我想代表敝公司講幾句話，但非常遺憾的，我的日語講得不好，也許不能完全表達我所要說的內容，因此請諸位見諒！
總之，今天給我這樣一個講話的機會，我表示感謝。

在歡迎會上的致詞是比較正式的，因此要使用敬語。楊華不僅動詞用了尊敬語、謙讓語，如：ご紹介（しょうかい）いただきました楊華です、お招（まね）きいただきまして、ご挨拶（あいさつ）を申（もう）し上（あ）げたいと思（おも）います、言（い）い表（あらわ）すことができないかもしれません、お許（ゆる）しいただきたいと存（ぞん）じます等，一些名詞、副詞也都用了丁寧語，如：ただいま、本日（ほんじつ）、誠（まこと）に、ただ等，使整體致詞協調。

—山下と楊との談話／山下和楊的談話—

山下： （やました）	楊さんは日本語がお上手ですね。 （よう）（にほんご）（じょうず） 楊先生日語說得很好啊！
楊： （よう）	いいえ、とんでもないことでございます。まだ初心 者ですから。うんと勉強しなければなりません。 （しゃ）（べんきょう）（しょしん） 哪裡的話，還是剛剛學，必須更加油才行。
山下： （やました）	楊さんは東京は始めてでいらっしゃいますか。 （よう）（とうきょう）（はじ） 楊先生是第一次到東京來嗎？
楊： （よう）	ええ、始めてでございます。 （はじ） 是的，是第一次來。
山下： （やました）	では、ごゆっくり東京をご見物になってくださいま せ。 （とうきょう）（けんぶつ） 那麼請您到東京各處好好參觀吧！
楊： （よう）	ええ、一通り見物するつもりでございます。 （ひととお）（けんぶつ） 是啊！我打算把東京看一遍。
山下： （やました）	なにしろ東京は始めてでいらっしゃいますから、よ ろしかったらご案内いたしましょう。 （とうきょう）（はじ）（あんない） 怎麼說您也是第一次來東京，如果可以的話我給您做 嚮導。
楊： （よう）	それは何よりでございます。 （なに） 那太好了。那麼我就拜託了。

在山下與楊華的談話中，因為楊華是公司的客人，所以山下使用了尊敬語始めて
でいらっしゃいますか、ご見物になってくださいませ，和謙讓語ご案内いたし
ましょう；而楊華只用了一些丁寧語把話講得恭敬一些，這麼說也是可以的。

五、　電話中使用的敬語

在日本打電話時，除了家屬或關係親密的朋友之間使用一般語言
外，其他如普通朋友相互問候、聯繫工作時多用敬語（尊敬語、
謙讓語、丁寧語），並且打電話、接電話的習慣也和我國有所不
同。在拿起話筒時，首先要說自己所在的部門（如內田商會的經
營部），打電話的人聽了以後再說一下自己的部門和姓名，相互
都知道了對方是誰以後，再講有什麼事情或要找什麼人。下面來
看看兩通電話中的對話。

—電話をかける／打電話①—

内田商会：	はい、内田商会の経営部でございます。 喂喂！這裡是內田商會的經營部。
楊：	台湾東方紡績会社の楊でございます。経営部の村田部長をお願いします。 我是台灣東方紡織公司的楊某，請經營部的村田部長接電話。
内田商会：	少々お待ちください。 お待たせいたしました。あいにく部長はただいま外出しておりますが。 稍等一會。 讓您久等，不巧部長現在外出了。

181

楊：
そうですか。それでは山下課長はいらっしゃいますか。

是嗎？那麼，山下課長在嗎？

内田商会：
少々お待ちください。

請稍候。

山下：
もしもし経営部の山下でございます。

喂喂！我是經營部的山下。

楊：
台湾東方紡績会社の楊です。

我是台灣東方紡織公司的楊某。

山下：
楊さんでいらっしゃいますか。先日はどうも。どういうご用件でしょうか。

是楊先生嗎？前些天真是謝謝，有什麼事嗎？

楊：
先日出していただきましたテトロン綿のオファーについてですが、値段をもう一度御検討いただけませんか。

前幾天你們出的特多龍綿的報價，價格能否再考慮一下呢？

山下：
はい、かしこまりました。部長が帰り次第、折り返しお電話いたします。

好的了解。待部長回來再給您回電話。

楊：
では、お願いします。さようなら。

那麼，麻煩您了。再見。

山下：
さようなら。

那再見。

―電話をかける／打電話②―

交換手：
東京ホテルでございます。

這裡是東京飯店。

村田：
二　三　五号室をお願いします。

請接二三五號房。

村田：
楊さんですか。内田商会の村田でございます。

楊先生嗎？我是內田商會的村田。

楊：
あ、楊ですが、どうも。

我是小楊，您好！

村田：
さきほど外出しておりまして失礼いたしました。実は値段のことですが、この土曜日に取締役会で決めることにいたしました。週明けにはお返事できるはずですが、しばらく待っていただけませんか。

剛才我外出了，很對不起。關於價格的問題，公司已經決定這週六在董事會上討論決定。下週一左右就可以答覆您，請再等幾天！

楊：
分かりました。なるべくこちらの線に沿うようにご努力をお願いいたします。

我知道了。請您儘量努力爭取到我們出的價格。

村田: 私の見通しとしましては大丈夫だと存じます。

我估計是不成問題的。

楊: そうですか。それではお願いします。

是嗎，那就拜託您了！

村田: では来週にお返事いたします。

那麼下星期答覆您。

楊: はい、お待ちいたします。さようなら。

好，我等待您的消息。再見！

村田: さようなら。

再見！

上面兩段是利用電話進行有關商業往來的談話。由於相互之間不是很熟悉，因此要使用丁寧語表示對對方的恭敬；講到對方的事物、動作、行為時要用尊敬語如お待ちください、山下課長はいらっしゃいますか等；講到自己這方的事物、動作、行為時用謙讓語如御検討いただけませんか、お願いします、出していただきました、お電話いたします、外出しておりまして、大丈夫だと存じます等。

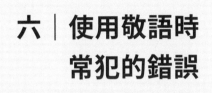

六｜使用敬語時
常犯的錯誤

お菓子

お休み

お弁当

お茶

ご本

ご印

六、使用敬語時常犯的錯誤

上面幾章介紹了敬語的表現形式以及使用情況，由於敬語用法複雜，使用上容易發生錯誤，用錯不僅沒有尊敬對方的作用，反而會顯得說話者不懂禮貌。因此在這一章首先會介紹使用敬語該注意的地方，然後就具體的錯誤進行分析。

🍁 使用敬語注意事項

1	正確理解、掌握好聽話者與話題中出現的上級、長輩的關係。若在話題中提到上級、尊長的動作、行為時，要使用尊敬語。

❓ 田中課長はそう言いつけられました。
<ruby>田中課長<rt>たなかかちょう</rt></ruby>はそう<ruby>言<rt>い</rt></ruby>いつけられました。

田中課長這麼吩咐了。

❓ <ruby>お父<rt>とう</rt></ruby>さんは<ruby>今度<rt>こんど</rt></ruby>のＰ・Ｔ・Ａにいらっしゃるとおっしゃいました。

父親說了會參加這次的家長會。

前一句向同一級別的同事講田中課長這樣吩咐了是可以的，因為田中課長既是自己的上級也是聽話者的上級。

但聽話者若是公司的社長、部長，或到公司來訪的客人，這樣講則不合適。因為社長、部長是田中課長的上級，因此不應該在課長的上級面前將田中課長的行為、動作使用尊敬語；聽話者如果是來訪的客人，則更不該在客人面前對自己的課長使用尊敬語，這時用下面的一般說法就可以了。

田中課長はそう言いつけました。

田中課長這麼吩咐了。

　　後一句如果是一個小學生向自己的母親講父親會參加這次的家長會是可以的，因為在日本人看來父親的地位要高於母親，因此孩子在向母親講到父親時要用尊敬語。但如果是學生告訴老師說父親會參加這次家長會，話題中人物是自己這方的人，則要用謙讓語。

父は今回のＰ・Ｔ・Ａに出ると申しました。

父親說會參加這次的家長會。

　　考慮話題中提到的上級長輩、聽話者與話題中上級長輩的上下、內外關係，才能正確地使用尊敬語與謙讓語。

2	不但要正確地使用敬語動詞表現形式，也要正確地使用有關人物、時間的名詞、代名詞等的說法。

　　學生在拜訪老師時，在門口向開門的人問：

×　　山田先生はおりますか。

　　這個學生認為おります是敬語，因而用了敬語おりますか。但它是敬語中的謙讓語或丁寧語而不是尊敬語，只能用來說自己或自己這方的人，因此這樣用了おりますか不但沒有尊敬老師，相反地倒不禮貌了。這時要用下面這種說法：

山田先生<ruby>山田先生<rt>やまだせんせい</rt></ruby>はいらっしゃいますか。

山田老師在家嗎？

再如，有個學生向另一個學生說：

× 　<ruby>内山先生<rt>うちやませんせい</rt></ruby>は<ruby>度々<rt>たびたび</rt></ruby>そう<ruby>申<rt>もう</rt></ruby>したのではありませんか。

<ruby>申<rt>もう</rt></ruby>す雖是敬語動詞，但它不是尊敬語而是謙讓語，因此講內山老師這麼說的正確說法是：

<ruby>内山先生<rt>うちやませんせい</rt></ruby>は<ruby>度々<rt>たびたび</rt></ruby>そうおっしゃったのではありませんか。

內山老師不是再三那麼說嗎？

再比如一個旅遊的嚮導向日本客人講：

❷ 　<ruby>日本<rt>にほん</rt></ruby>のどこから<ruby>来<rt>き</rt></ruby>たのですか。

這句話作為日語還是通的，只不過身為一個嚮導，沒有使用敬語向日本客人這麼說很不禮貌。正確的說法應該是：

<ruby>日本<rt>にほん</rt></ruby>のどちらからいらっしゃったのですか。

您是從日本的哪個地方來的？

用敬語講話時不僅要考慮動詞，名詞、代名詞也要一併使用敬語單詞。

3 正確選擇敬語中意思相同但表現形式不同的說法。

お～なさい、～てください、～てくださいませんか、お～ください、～ていただきます、お～いただきます、～ていただけませんか、お～いただけませんか都表示請求命令，並且大部分都含有尊敬的語氣。

學生請老師改一改作文，向老師說：「老師！請把這份作文改一下！」這時用哪一個慣用型合適呢？

---

❷ 先生、この作文を直しなさい。

---

❷ 先生、この作文を直してください。

但對老師這麼講，很顯然尊敬程度是不夠的。要用尊敬程度更高一點的說法。

先生、この作文を直してくださいませんか。
先生、…………お直しくださいませんか。
先生、…………直していただけませんか。
先生、…………お直しいただけませんか。

老師！請您改一改這個作文。

再比如お～します、お～いたします、お～申し上げます都是謙讓語，意思相同。但在問路時，用哪種說法合適呢？如：

ちょっとお尋ね申し上げます。

お～申し上げます的尊敬程度最高，但向一位不認識的人問路這麼講顯然有些過頭，一般用お～します、お～いたします也就可以了。

ちょっとお尋ねします。

ちょっとお尋ねいたします。

我問一下路！

除了正確地掌握尊敬語、謙讓語的各種表現形式，在使用的時候也得恰如其分。

| 4 | 講話時要注意表情、聲調、態度、禮貌等。 |

在使用敬語時講話的聲調、表情、態度等，也要表現得謙虛、和藹、有禮貌。

如果有一位來訪的客人，向公司的某一職員問道：

「社長さんはいつごろお帰りになるのですか。」

請問社長什麼時候回來？

職員卻昂著頭、粗聲粗氣地答道：

「それは存じません。」

不知道。

單純地看這一回答是沒有問題的，但態度不好則失去了敬語的作用。必須更謙恭、低聲一些，語調柔和來做回答。

再如來訪的一位客人來到接待室，這裡的女事務員一動不動地坐在那裡說了聲：

「いらっしゃいませ。」

歡迎。

這麼講是沒有錯的，但她至少要起身才有禮貌。

以上僅僅提出幾點應注意的地方，實際上在使用敬語時，從語言到態度等各方面都需多加留心。

memo

🍁 應用敬語而未用敬語

1	該使用敬語但未用敬語。

❓① ちょっと聞_ききますが、この付近_{ふきん}には郵便局_{ゆうびんきょく}がありますか。

❓② ちょっと皆_{みんな}に話_{はな}してもらいたいですが。

　　例①在路上向行人問路至少要對對方表示一下敬意，但句子裡只用了一般動詞聞きます；例②是請求對方講一講某一情況，既然是請求對方就應該表示一下敬意，使用謙讓語動詞或慣用型，但它只用了一般的說法～てもらう顯然是不夠的。它們的正確說法應該是：

①	ちょっとお尋_{たず}ねしますが、この付近_{ふきん}には郵便局_{ゆうびんきょく}がありませんか。 請問一下，這附近有郵局嗎？
②	ちょっと皆_{みんな}に話_{はな}していただきたいのですが。 我想請您向大家講一講！

　　再如：

❓③ 私_{わたし}は先生_{せんせい}の言_いったようにやってみました。

❓④ 野村先生_{のむらせんせい}は一応直_{いちおうなお}してくれました。

　　例③是直接和老師講話，例④是講野村老師改了，兩句都應該用尊敬語：

③　私は先生のおっしゃったようにやってみました。

我照老師說的那樣做了。

④　野村先生は一応直してくださいました。

野村老師大致改了一遍。

　　再如：

❓⑤　おじいさん、ご気分はどうですか。

❓⑥　先生、このように訳していいですか。

　　這兩句作為日語還是通的，但對祖父、老師講話要用尊敬語或丁寧語，而どうですか、いいですか都是一般的說法，應該用較規矩鄭重的說法：

⑤　おじいさん、ご気分はいかがでしょうか。

爺爺，感覺怎麼樣？

⑥　先生、このように訳してよろしゅうございますか。

老師，這麼翻譯可以嗎？

　　いかが、よろしい都是丁寧語，使用這種丁寧語單詞則比較恭敬。

在一個句子裡，一部分使用了敬語，另一部分應該用敬語的地方卻用了一般語言，這種說法也是不夠好的：

❷①　彼は誰でいらっしゃいますか。

❷②　君もそうおっしゃるのですか。

說話者只在述語部分使用了尊敬語的說法いらっしゃいますか、そうおっしゃるのですか，而在其他部分卻用了一般的說法彼、誰、君等，作為一個句子來說不夠協調。正確說法應該是：

①　あちらはどなたさまでいらっしゃいますか。
　　那一位是誰？

②　あなたもそうおっしゃるのですか。
　　您也那麼說嗎？

再如：

❷③　着いた時には、あいにく俄か雨で誰もお迎えに上がることができなくて、失礼いたしました。

❷④　台北は今ごろ込んでいますから、宿を予約なさってから行く方がいいですよ。

例③述語部分用了お迎えに上がる、失礼いたしました兩個謙讓語，而前面卻只用了一般動詞着いた，為了句子語調的統一、協調，也應該用尊敬語動詞お着きになった或着かれた；例④前面用了尊敬語予約なさって，後面卻用了一般動詞行く（方がいい）顯

得句子不協調，應用予約なさってからいらっしゃる方がいいです
よ。因此，它們正確的說法分別應該是：

③
お着きになった時、あいにく俄か雨で誰もお迎えに上
がることができなくて、失礼いたしました。

您到的時候，不巧正碰上驟雨，所以沒人能到車站接您，
很對不起。

④
台北は今ごろ込んでいますから、宿を予約なさってか
らいらっしゃる方がいいですよ。

臺北現在人潮擁擠，所以先把旅館預訂下來再去的好。

再如：

❓⑤　先生はこれは難しいとおっしゃっていました。

❓⑥　お客さんはいま応接室でお待ちになっています。

　　例⑤、例⑥述語分別用了おっしゃっていました、お待ちにな
っています，兩者雖然都是尊敬語，看起來似乎沒錯，但實際上唸
起來總感覺不夠流暢，也就是不合乎日語的表現形式。這種情況，
一般用言っていらっしゃいます、待っていらっしゃいます。在日
語裡用動詞連用形て＋補助動詞時，敬語表現形式一般是て前面的
動詞用一般動詞，て後面的補助動詞用敬語動詞(尊敬語動詞)：

書いている→書いていらっしゃる
出掛けている→出掛けていらっしゃる
帰ってくる→帰って来られる
買っておく→買っておかれる

　　因此這兩句的正確說法應該是：

⑤ 先生はこれは難しいと言っていらっしゃいました。
老師說這題很難。

⑥ お客さんはいま応接室で待っていらっしゃいます。
客人在接待室裡等著。

總括而言，在使用敬語時需注意讓句子前後的尊敬程度一致。

memo

🍁 用錯謙讓語、丁寧語

| 1 | 用錯謙讓語動詞。 |

將謙讓語動詞おる、申す、伺う、まいる等，誤用在敘述上級、長輩或客人的動作。如：

× ①ご両親はどちらにおりますか。

× ②大阪の野村さんがおりましたら、六号車の電話室にお出でください。

× ③あなたの申したことはよく分かりました。

× ④先生はそう申されました。

例①問聽話者的父母親現在在哪裡不該用謙讓語おります；例②是列車上找乘客野村的廣播，講客人野村也不該用謙讓語おりましたら；兩句都要用尊敬語いらっしゃる。例③的申した是謙讓語不能用在對方所以是錯的；例④講話者也許認為用申されました是使用了敬語助動詞れる，但大多數學者認為這種用法不合適，要用おっしゃった或言われた。因此這四句正確的說法是：

| ① | ご両親はどちらにいらっしゃいますか。
您父母在哪裡？ |

| ② | 大阪の野村さん、いらっしゃったら六号車の電話室にお出でください。
大阪的野村先生在的話，請到六號車廂的電話室來！ |

③	あなたのおっしゃった（言われた）ことはよく分かりました。
	您說的，我懂了。

④	先生はそうおっしゃいました（言われました）。
	老師這麼講了。

再如：

×	⑤受付で伺ってください。

×	⑥今日多くのお客さんがこの問題を伺いました。

×	⑦こちらへまいりませんか。

×	⑧日本から台北にまいりまして、台北はどんなところだとお感じになりましたか。

　　上述幾個句子都將謙讓語動詞誤作成了尊敬語動詞來用。例⑤是指示前來訪問的人問一下詢問處，例⑥是講許多人問了這個問題，但伺う是謙讓語不能用來講客人的動作，這時一般要用尊敬語お聞きになる。例⑦是一個職員向客人講「請到這邊來吧！」。例⑧是問日本的客人您來到台北，まいる是謙讓語只能用來講自己這方人的來去，不能用在講客人的動作，一般要用いらっしゃる或お出でになる。它們正確的說法應該是：

⑤	受付でお聞きになってください。
	請您在詢問處問一問！

⑥	今日多勢のお客さんがこの問題をお聞きになりました。
	今天有許多客人問了這個問題。

⑦
こちらへいらっしゃいませんか。

請到這邊來吧！

⑧
日本から台北にいらっしゃって、台北はどんなところだとお感じになりましたか。

您從日本來到臺北，認為臺北是個什麼樣的地方呢？

再如：

×　⑨あの人のいいところをまだよく存じないようですね。

×　⑩書類を三番窓口でいただいてください。

這兩個句子也都將謙讓語動詞誤作成尊敬語動詞來用了。例⑨是向對方講您還不知道那個人的優點，例⑩是請客人在三號窗口索取文件，但存じる、いただく都是謙讓語，只能用來講自己或自己這方人的「知道」或「要」，正確的說法應該是：

⑨
あの人のいいところをまだよくご存じないようですね。

您好像還不了解他的優點啊！

⑩
書類を三番窓口でお求めになってください（お求めいただきます）。

請在三號窗口索取文件！

這種誤將謙讓語作為尊敬語來用的情況不少，因此須充分掌握謙讓語與尊敬語的異同，避免發生類似的錯誤。

お／ご～します、お／ご～いたします、お／ご～申し上げる
都是謙讓語慣用型，只能用來講自己和自己這方人（如自己的兄弟
姐妹等）的動作、行為，並且這些動作、行為要與聽話者有一定的
關係。但在日常生活中卻常常被用錯成講對方或上級、長輩的動作、
行為。如：

×	①この新聞をお読みしてください。
×	②どうぞ、こちらのカタログをお持ちしてください。
×	③手紙をお受け取りしたら、ご返事してください。
×	④このホームで次の列車をお待ちすることはできません。

　　上述句子都誤將謙讓語慣用型作為尊敬語慣用型來用了。お読
みして、お持ちして、お受け取りしたら、ご返事して、お待ちす
る等都是謙讓語，只能講自己或自己這方人的動作、行為，不能用
來講對方的動作、行為。然而說話者可能認為前面有接頭語お或ご
就是尊敬語了，因而犯下了這種錯誤。這時應該用尊敬語慣用型如
お／ご～になる或其他尊敬語。正確的說法應該是：

①	この新聞をお読みになってください。 請看一看這張報紙！
②	どうぞ、こちらのカタログをお持ちになってください。 請拿這裡的目錄！
③	手紙をお受け取りになったら、ご返事ください。 收到信以後，請回信！

④ このホームで次の列車をお待ちになることはできません。

不能在這個月台上等候下班列車。

再如：

× ⑤野村部長は月末までにお帰りできますか。

× ⑥おじいさんはなかなかお達者でいらっしゃいますから、富士山にお登りできますか。

　例⑤誤將謙讓語的可能表現お帰りできますか用來問部長；例⑥誤將謙讓語的可能表現お登りできますか用來問一位老爺爺能否登富士山。上述兩句由於都是向上級、長輩講話，所以要用尊敬語的可能表現お〜になれます（或お〜になることができます）。因此正確的說法應該是：

⑤ 野村部長は月末までにお帰りになれますか。

野村部長在月底以前能回來嗎？

⑥ おじいさんはなかなかお達者でいらっしゃいますから、富士山にお登りになれますか。

老爺爺很健康，能夠爬富士山嗎？

3	用錯丁寧語慣用型。

　　若分不清尊敬語和丁寧語之間的區別，就會出現誤將丁寧語當成是尊敬語來用的情況。如：

×	①東京大学の野村教授でございますか。
×	②お元気でございますか。

　　這兩句誤將でございます當成是である、です的尊敬語來用，但實際上でございます是丁寧語，作為です的敬語來用時只能講客觀的事物或自己，不能用於自己的上級、長輩或客人。如：

左側の建物は国会議事堂でございます。

左邊的建築物是國會議事堂。

おかげさまで丈夫でございます。

託您的福，很健康！

　　當講上級、長輩或客人「是……」時，要用でいらっしゃる。因此正確的說法是：

①	東京大学の野村教授でいらっしゃいますか。
	是東京大學的野村教授嗎？
②	お元気でいらっしゃいますか。
	您好嗎？

　　從以上說明可以知道，講客觀事物或自己的情況用～でございます；講對方或自己的上級、長輩、客人時，則要用～でいらっしゃいます。

🍁 用錯尊敬語

1	在回答他人使用尊敬語的問話時，一不注意就用了尊敬語來回答。

① A：「張先生はいらっしゃいますか。」

× B：「はい、いらっしゃいます。」

② A：「どうぞ、少し召し上がってください。」

× B：「はい、召し上がります。」

③ A：「社長さんがご出張から帰って来られましたか。」

× B：「はい、帰って来られました。」

④ A：「お元気でいらっしゃいますか。」

× B：「おかげさまで、元気でいらっしゃいます。」

　　例①外人向張老師的家人問張老師在家嗎，用いらっしゃいますか是沒問題的，但家人回答在家時則不能用いらっしゃいます；例③外人向公司的職員問社長出差回來了嗎，用帰って来られましたか也是對的，但職員回答自己公司的社長回來了則應改用謙讓語；例②、例④的問話同樣沒問題，只是答話應分別要用いただきます、元気です。上述四個句子的正確說法應該是：

① A：「張先生はいらっしゃいますか。」

「張老師在家嗎？」

B：「はい、おります。」

「是，在家。」

② A：「どうぞ、少し召し上がってください。」

「請，請吃吧。」

B：「はい、いただきます。」

「好，我開動了。」

③ A：「社長さんがご出張から帰って来られましたか。」

「社長出差回來了嗎？」

B：「はい、帰って来ました。」

「是，已經回來了。」

④ A：「お元気でいらっしゃいますか。」

「您好嗎？」

B：「おかげさまで、元気です。」

「託您的福，還好。」

　　問話時講話者為了尊敬聽話者或是其他的上級、長輩會使用尊敬語，但答話的人不能單純重複被問的話，而要根據情況用謙讓語或一般語言來回。

2	在向外人講自己的上級、長輩的動作、行為、事物時，也就是和自己關係較遠的人，講和自己關係較近的人的動作、行為、事物時，有時候沒考慮到聽話者而用了尊敬語，但這時應用的是謙讓語或一般語言。 這點不但學日語的人容易搞錯，連日本人自己也常常講錯，故須特別注意。

× ①お父さんはもう四十五歳になられました。

× ②先生、今日の座談会にお父さんがお出でになりますが、少し遅れるかもしれません。

　上述例①、例②是學生向老師講父親的情況。父親雖是自己的長輩，卻是與自己關係密切的人，因此向老師講到自己的父親時要分別用なりました、まいります（或来ます），同時也不該用お父さん而要用父。正確說法是：

①	父はもう四十五歳になりました。 父親已經四十五歲了。
②	先生、今日の座談会に父が来ますが、少し遅れるかもしれません。 老師！我的父親會來參加今天的座談會，但可能會晚一些才到。

　再如：

❓③　社長さんはいま会議に出席していらっしゃいます。

❓④　部長さんはまだご存じないとおっしゃいました。

例③、例④如果是公司職員之間談到社長或部長這麼講也未為不可，因為說話者和聽話者都是社長、部長的下級，對上級使用尊敬語 出席していらっしゃいます、ご存じない、おっしゃいました是可以的，稱呼社長さん、部長さん也是可以的。但如果聽話者是其他公司的人，講到自己公司的社長、部長時的正確說法應該是：

③
> 社長はいま会議に出席しております。
>
> 社長在開會。

④
> 部長はまだ存じないと申しました。
>
> 部長說還不知道。

　　使用敬語時，除了上下尊卑以外，還需考慮內外之間的關係。

memo

🍁 濫用敬語

一、 雙重敬語的錯誤

1
使用了雙重尊敬語。
在用了作為尊敬語的敬語動詞以後，又用了另外的敬語表現形式（如尊敬語慣用型）。

×① 先生がお見えになりました。
※ 現代日語已常用此句

×② どうぞ、お召し上がりになってください。

×③ よくお休みになられましたか。

×④ 東京からいらっしゃられた伊藤教授でいらっしゃいますね。

×⑤ 首相閣下もご出席なされました。

　　例①用了尊敬語動詞見える後就沒有必要再用お～になる，這樣お見えになる就用了雙重敬語，顯得畫蛇添足；例②的召し上がる也是尊敬語動詞，用了它就沒有必要再用お～になる，因此お召し上がりになってください是錯誤的；例③的お休みになる已是尊敬語慣用型，下面不該再後續敬語助動詞れる；例④いらっしゃる已是尊敬語動詞，因此沒必要再接敬語助動詞れる；例⑤ご出席なさる就是尊敬語慣用型，後面不用再接敬語助動詞れる。

　　上述句子都犯了使用雙重敬語的錯誤，正確的說法分別是：

①
先生が見えました。
老師來了。

② どうぞ、お召し上がりください。

請您吃吧！

③ よくお休みになりましたか。

您好好休息了嗎？

④ 東京からいらっしゃった伊藤教授でいらっしゃいますね。

是從東京來的伊藤教授吧！

⑤ 首相閣下もご出席なさいました。

首相閣下也參加了。

2 使用了雙重謙讓語、丁寧語。
在對話中既有不小心使用雙重尊敬語的情況，也有使用雙重謙讓語、雙重丁寧語講錯話的情況。

×① あしたの午後おまいりいたします。

×② 来週中にお伺いいたします。

※ 現代日語已常用此句

×③ はい、ご承知いたしました。

上述句子之所以是錯誤的，是因為用了謙讓語動詞以後又用了お～いたす構成的謙讓語慣用型。謙讓語動詞本身就表示了謙讓，故沒有必要再用お～いたす。

例①的まいる本身就是謙讓語動詞，同時這一まいる動作和對方沒有發生任何關係，沒必要再用お～いたす；例②中的伺う也是謙讓語動詞，因此沒有必要再用お～いたす；例③ 承知する也是謙

讓語動詞，沒有必要再用ご〜いたす。正確的說法應該是：

① あしたの午後まいります。
明天下午去。

② 来週中に伺います。
下週去拜訪您。

③ はい、承知いたしました。
是，我知道了。

再如：

❓④ いつごろお立ちなさいますですか。

❓⑤ 暗くて何も見えませんです。

從道理上講ます、ません下面可以接助動詞です，構成ますです、ませんです，但不常這麼說，幾乎是不用的。一般多以〜ますでしょう、〜ませんでしょう、〜ましたでしょう或ませんでした形式使用。正確的說法分別應該是：

④ いつごろお立ちなさいますか。
或いつごろお立ちなさいますでしょう。
您什麼時候出發？

⑤ 暗くて何も見えませんでした。
黑得什麼也看不見。

但這句話不能說成：

✗⑤ 暗くて、何も見えませんでしょう。

如果用見えませんでしょう則要用下面的句子：

⑤ 暗_{くら}いから、何_{なに}も見_みえませんでしょう。

因為黑，什麼也看不見吧！

二、 不必要地使用謙讓語

謙讓語只能用於自己或自己這方人的動作、行為，並且這一動作、行為與對方有一定關係或對對方產生某種影響。因此與對方沒有關係的動作、行為不用お～いたす等謙讓語慣用型。

但有的人為了對對方表示尊敬，講到自己的動作、行為時，不管這一動作、行為與對方有無關係，都會過度地使用謙讓語慣用型お～する、お～いたす、お～申_{もう}し上_あげる等，造成錯誤。

×① 私_{わたし}はさきほど銀座_{ぎんざ}へお出掛_{でか}けしました。

×② 私_{わたし}はその工場_{こうじょう}でお働_{はたら}きしたことがあります。

上述句子裡說話者的動作、行為 (我到銀座去了、我在那個工廠工作過) 和聽話者並沒有任何關係也對對方沒有任何影響，因此不用お～する或お～いたす。這時用一般的表達方式就可以了：

① 私_{わたし}はさきほど銀座_{ぎんざ}へ出掛_{でか}けました（或まいりました）。

我剛才到銀座去了。

② 私_{わたし}はその工場_{こうじょう}で働_{はたら}いたことがあります。

我在那個工廠工作過。

再如：

×③　ドアを閉めさせていただきます。

×④　蒸し暑いですから、窓を開けさせていただきます。

本來～させていただきます是請求對方比較規矩、鄭重的說法，表示請求對方允許自己做某種事情。如：

皆さまに一言述べさせていただきます。

請讓我說幾句話。

電話で連絡させていただきます。

讓我用電話和您聯繫吧！

而例③是日本車站廣播告訴乘客要關門了，沒有必要用～させていただきます。例④是在同一辦公室裡的人講天氣太熱把窗戶打開吧，說話者似乎為了把話講得規矩特意用了開けさせていただきます，但實際上也是多餘的。正確的說法應該是：

③
ドアが閉まります（から、気をおつけください）。

要關門了，請注意。

④
蒸し暑いですから、窓を開けましょう。

屋內悶熱，把窗戶打開吧！

三、 不必要地使用尊敬語

慣用語不可用尊敬語。

所謂慣用語,是由兩個單詞結合起來構成的不可分開的短語,如けりがつく（結束）、顔をつぶす（丟臉）、鼻にかける（自豪）、腹が立つ（生氣）等,這些短語只有這樣結合起來使用時才能表示這個意思。因為慣用語是固定的、不可變化的說法,所以講慣用語時不能使用鄭重、恭敬的單詞或尊敬語,只能固定地來使用。

×① 本当におなかが立ちました。

×② 途中で道草を食べていないではやく帰っていらっしゃいよ。

×③ まあ、ひどいね。仕事を棚にお上げになって。

×④ 「二階からの目薬」と申してもピンと来られないかもしれません。

　　上述句子之所以不對,是由於說話者為了把話講得鄭重、規矩一些,在慣用語裡使用了丁寧語或尊敬語。例①腹が立つ（生氣）是慣用語,おなか雖然和腹的意思都是肚子,但在慣用語裡不說おなかが立つ;例②道草を食う（在路上玩）是慣用語,食べる雖然和食う都是吃的意思,但不會講道草を食べる;例③棚にあげる（擱置起來、放在一邊）是慣用語,不能用尊敬語的表現形式棚にお上げになる;例④ピンと来る（立刻理解）是慣用語,既不能用尊敬語來講ピンと来られない,也不能用謙讓語來講ピンとまいらない。
上述句子的正確說法分別是:

① 本当に腹が立ちました。

我真生氣了。

② 途中で道草を食っていないではやく帰っていらっしゃいよ。

不要在半路上玩，趕快回來。

③ まあ、ひどいね。仕事を棚にあげて。

真不像話，把工作放在一邊不做。

④ 「二階からの目薬」と申してもピンと来ないかもしれません。

即使說「從二樓點眼藥」，他也許也理解不了的吧。

※ 二階からの目薬 為毫無效果、遠水救不了近火之意

四、 客觀存在的動物、植物不應用尊敬語

尊敬語本來是用於上級、長輩或來訪的客人，但許多日本女性往往認為使用敬語比較有禮貌並且表示自己有修養，盲目地到處使用敬語，甚至對小動物、植物也用尊敬語，好像不用尊敬語是對這些小動物、植物的主人不夠恭敬似的。其實都是不正確的。

×① この小鳥がよくお歌いになるんですね。

×② きれいな金魚がいらっしゃいますね。

×③ 盆栽の花には毎日水を上げるんですか。

例①不應對小鳥用尊敬語お歌いになる；例②不應對金魚用いる的尊敬語いらっしゃる；例③水をあげる中的あげる雖然和やる意思相同，但水をやる是澆水的固定說法。它們的正確說法應該是：

① この小鳥がよく歌いますね。

這隻小鳥真愛唱歌啊！

② きれいな金魚がいますね。

這裡有漂亮的金魚呢！

③ 盆栽の花には毎日水をやるんですか。

你每天向花盆裡的花澆水嗎？

但也有極特別的情況，在表示某人有某種東西時的あります可以用おありです這一慣用型：

① ずいぶんたくさんの本がおありですね。

你的書真的很多呢！

② 立派な盆栽がおありですね。

你的盆花真棒啊！

總而言之，不能盲目地認為使用敬語就表示自己有修養而濫用敬語，造成在不該用敬語的地方誤用敬語。

🌸 表達不當的敬語

一、 表達上的錯誤

這種錯誤主要是使用謙讓語時發生的錯誤。多數是將～てくださる與お／ご～くださる或者將～ていただく與お／ご～いただく、お～します與～します混淆起來而形成的似是而非的句子。

×① お入(はい)ってください。

×② この新聞(しんぶん)をお読(よ)んでください。

×③ 斉木(さいき)さんにお伝(つた)えてください。

×④ もう少(すこ)し詳(くわ)しくご説明(せつめい)していただきます。

　　這幾個句子之所以是錯誤的，是由於將～てくださる與お／ご～くださる、～ていただく與お／ご～いただく混淆在一起使用的緣故。動詞前若用接頭語お／ご，後面則不應該用～てくださる或～ていただく。因此正確的說法應該是：

---

① お入(はい)りください（或入(はい)ってください）。

　　請進來吧！

---

② この新聞(しんぶん)をお読(よ)みください（或読(よ)んでください）。

　　請看看這個報紙！

---

③ 斉木(さいき)さんにお伝(つた)えください（或伝(つた)えてください）。

　　請轉告齊木先生一聲！

---

④ もう少し詳しくご説明いただきます（或説明していただきます）。

請再說明詳細一點！

上述句子雖然都有兩種說法，但兩者的意思基本相同，只是括號裡的說法比前者的尊敬程度要低一些。

再如：

×⑤ お荷物を持ちしましょう。

×⑥ あとで知らせします。

說話者可能是要用お～します這一表示謙讓的慣用型，但卻把前面的接頭語お漏掉，成了一個不倫不類的句子。正確的說法應該是：

⑤ お荷物をお持ちしましょう（或お持ちいたしましょう）。

我來拿東西吧！

⑥ あとでお知らせします（或お知らせいたします）。

之後我再通知您！

二、 容易誤解的、表達不清的說法

由於敬語助動詞れる、られる與被動助動詞れる、られる的形態相同，容易讓聽話者搞不清楚所要表達的是敬語還是被動。

❓① 田中先生はいい写真をとられましたね。

×② 社長さんはさんざん大村君を叱られました。

×③　佐藤先生は誤解を受けられました。

　　上述句子由於分別用了助動詞れる、られる，因此都有兩種解釋的可能，若是表達得不夠清楚很容易讓人產生誤解。

　　例①写真をとられました容易讓人理解為被人照了相，但如果這句話是講田中先生照了張好照片，那則要用另一種尊敬語的表達方式いい写真をおとりになりました或いい写真をおとりなさいました；例②叱られました很容易讓人誤解為社長挨了頓喝斥，但這句話是講社長喝斥了大村，應該用お叱りになりました，或お叱りなさいました；例③的受けられました作為被動來說雖然是不通的，但這句話如果要用尊敬語應該要說お受けになりました或お受けなさいました。因此正確的說法應該是：

①	田中先生はいい写真をおとりになりました（或おとりなさいました）。 田中老師照了張好照片。
②	社長さんはさんざん大村君をお叱りになりました（或お叱りなさいました）。 社長狠狠地把大村喝斥了一頓。
③	佐藤先生は誤解をお受けになりました（或お受けなさいました）。 佐藤老師受到了誤解。

　　使用敬語時若是出現了這一節中所舉出的錯誤，不但容易讓人誤解，也失去了使用敬語的意義，還須多加注意。

🍁 不合日語的語言習慣

一、　不合乎日語的習慣

外國人學習日語往往會從文法、用詞來思考一句話是否正確，然而有時文法上沒錯，但日本人卻不這麼說。

❓① 首相閣下、日本の物価についてご意見を聞かせていただきたいですが。

　　上面這句話是一個外國記者在日本首相舉行的新聞記者招待會上的提問。這句話裡的聞かせていただきたいですが似乎沒錯，但在日語敬語裡有伺う這個單詞，表示聞かせていただく的意思，因此常用它來代替。這句話比較好的說法是：

---

① 首相閣下、日本の物価についてご意見を伺いたいですが。

　　首相閣下，關於日本物價問題，我想聽一聽您的意見。

　　再如：

❓② 　いらっしゃいませ。私が荷物を運んであげましょう。

　　旅館服務員向住宿的旅客說「您來了！我給您拿東西！」，句中的〜てあげる在日語中有強調「我幫您做……」含有你應該領情的語氣，因此比較好的說法是：

② いらっしゃいませ。（私が）お荷物をお運びいたしましょう。

您來了，我給您拿東西吧！

下面這句學生想替老師擦黑板，說道：

❷③ 先生、私が拭いてあげましょう。

跟上一句一樣帶有施恩的語氣，強調了我幫你擦。這個時候用一般的說法就可以了：

③ 先生、私がお拭いたしましょう。

老師！我來擦吧！

二、 照搬中文的寒暄用語

在學習其他語言時，往往會疏忽他國的語言習慣，而直接套用了中文的表達方式。

在路上遇到上級、長輩時，若直接以中文的習慣問一聲對方要到哪裡去，原封不動地譯成日語會是：

❷① どちらへいらっしゃいますか。

這句話從語法上來看並沒有錯，但日本人不會這麼說，對方聽了會感覺你為什麼要盤問他。這時一般講：

① お出掛けですか。

出去嗎？

另外在公司遇到從外面回來的上級、尊長時，有的人也會將中文的「您到哪裡去了？」譯成日語講：

❷②　どちらへいらっしゃいましたか。

　　這也是不合適的，這種情況日語要說：

②
お帰^{かえ}りなさい。
您回來了！

　　再有，台灣人之間常用「您吃飯了嗎？」來問候，因此有的台灣留學生在路上遇到日本的同學、熟人會問一句：

❷③　食事^{しょくじ}はすみましたか。

❷③　ご飯^{はん}は食^たべましたか。

　　然而這麼說是很奇怪的，日本人通常會就天氣方面來寒暄。

③
いいお天気^{てんき}ですね。
天氣真好啊！

③
ずいぶん暖^{あたた}かくなりましたね。
天氣暖和多了！

　　有的留學生在日本的下宿^{げしゅく}（寄宿）裡，早上說一聲我去上學了會用：

❷④　学校^{がっこう}へ行^いきますよ。

　　句子本身並沒有錯，但不合乎日語的習慣，日語這時要說：

④
行^いってまいります。
我走了！

而下宿的女主人則講：

④
いってらっしゃい。
你去吧！

外出時，套用中文的我上街去了：

❷⑤
町へ行ってきます。

但日本人講話通常比較含糊其詞，一般都說：

⑤
ちょっと出掛けます。
我外出一趟。

再如有的台灣人初到日本企業工作，打電話時往往按照台灣的習慣來，拿起話筒撥完號碼就問：

❷⑥
もしもし、どちらですか。

連自己電話打到哪裡都不知道，還要問對方是哪裡，在日本是很不禮貌的。這時一般可以說：

⑥
一二 四 三番でございますね。私は内山会社業務課の楊でございますが。
一二四三號嗎？我是內山公司業務課的楊。

接電話的人拿起話筒後，首先也要報一下自己公司的名字和單位：

XX会社の経営部でございます。
是 XX 公司的營業部。

日語裡的寒暄用語有其語言習慣，若直接用中文講法生搬硬套不但沒有寒暄效果，反而會顯得很不禮貌。

memo

memo

初學者輕鬆上手 日本敬語 / DT企劃著. -- 初版. --
臺北市：笛藤，八方出版股份有限公司, 2022.11
　　面；　公分
ISBN 978-957-710-876-0(平裝)
1.CST: 日語 2.CST: 敬語
803.168　　　　111016345

2022年11月18日　初版第1刷　定價320元

著　　　者	DT企劃
總 編 輯	洪季楨
編　　　輯	陳亭安
插　　　圖	Aikoberry
封面設計	王舒玗
內頁設計	王舒玗
編輯企劃	笛藤出版
發 行 所	八方出版股份有限公司
發 行 人	林建仲
地　　　址	台北市中山區長安東路二段171號3樓3室
電　　　話	(02) 2777-3682
傳　　　真	(02) 2777-3672
總 經 銷	聯合發行股份有限公司
地　　　址	新北市新店區寶橋路235巷6弄6號2樓
電　　　話	(02) 2917-8022·(02) 2917-8042
製 版 廠	造極彩色印刷製版股份有限公司
地　　　址	新北市中和區中山路二段380巷7號1樓
電　　　話	(02) 2240-0333·(02) 2248-3904
印 刷 廠	皇甫彩藝印刷股份有限公司
地　　　址	新北市中和區中正路988巷10號
電　　　話	(02) 3234-5871
郵撥帳戶	八方出版股份有限公司
郵撥帳號	19809050